Ingibjörg Hjartardóttir

Tod einer Wissenschaftlerin

Roman

Übersetzung aus dem Isländischen
von Tina Flecken

This book has been published
with a financial support of
Bókmenntasjóður / Icelandic Literature Fund
ICELANDIC LITERATURE CENTER

SALON *Literatur*VERLAG

SALON *Literatur*VERLAG

1. Auflage 2021

Übersetzung: Tina Flecken

Umschlagmotiv: Fa-Ro Marketing GmbH
Titelbild: Getty Images
Druck: CPI-Druck, Leck, Germany

SALON *Literatur*VERLAG
80634 München
Volkartstraße 2c
www.SALONLiteraturVERLAG.de
E-Mail: info@SALONLiteraturVERLAG.de

ISBN 978-3-947404-26-1

Tod einer Wissenschaftlerin

Die Originalausgabe erschien unter dem Titel
Jarðvísindakona deyr

Ingibjörg Hjartardóttir

Die isländische Erzählerin, Dramatikerin und Übersetzerin wurde 1952 im Tal Svarfaðardalur in Nord-Island geboren und wuchs dort auf einem Bauernhof auf.

Ursprünglich Lehrerin, zog sie 1978 nach Schweden, wo sie Bibliothekswesen studierte und danach an der Universitätsbibliothek sowie der Stadtbibliothek Stockholm arbeitete. Als sie 1984 wieder nach Island zurückkehrte, begann sie zu schreiben. In Reykjavik gründete sie die Theatergruppe „Hugleikur" und wurde deren erste Dramenschreiberin, jetzt ist sie deren Ehrenmitglied (https://www.facebook.com/leikfelagidhugleikur/). Bald schrieb sie auch für die Stadttheater Reykjavik und Akureyri sowie für das Hörspieltheater des Isländischen Rundfunks.

2006 begründete Ingibjörg „Fjöruverðlaunin", Literaturpreisgebung der Frauen, und ist deren Eherensmitglied (https://www.facebook.com/fjoruverdlaunin/)

Im SALON LiteraturVERLAG erschienen 2007 „Die dritte Bitte", 2009 „Der Zuhörer", 2013 „Die andere Tochter", 2016 „Die Bergfrau".

Tod einer Wissenschaftlerin

Es ist unklar, wann diese Geschichte begann, aber sie konnte nicht anders enden. Die meisten darin vorkommenden Personen wurden eingeladen dabei zu sein, jedoch gibt es auch ein paar ungebetene Gäste, die dafür verantwortlich sind, dass alles so kam, wie es kommen musste.

Die Autorin ist nicht allmächtig. Sie erschafft ihre Figuren, aber sie bestimmt nicht über deren Schicksal. Die Figuren entspringen ihrem Geist, doch dann schreiben sie ihre eigene Geschichte. Sollten Ereignisse in diesem Roman an Ereignisse in der realen Welt erinnern, dann sind das eher Einflüsse als Zufälle. Falls Leser glauben, Ähnlichkeiten zwischen einer Person in der Geschichte und einer realen Person zu erkennen, ist das der Person in der Geschichte anzulasten. Fantasie und Handlung stammen jedoch von der Autorin. Wenn etwas unglaubwürdig oder nicht nachvollziehbar erscheint oder gegen die Naturgesetze verstößt, verweist die Autorin auf die dichterische Freiheit.

1. SEHEN WIR ENDLICH DIE SONNE?

Für die Menschen ist der erste Spatentisch stets ein Symbol für einen Anfang, etwas Neues ist in Sicht, bessere Zeiten brechen an. Die Gemeindepost wünscht den Einwohnern von Selvík, dass dieser erste Spatenstich für das Siliziumwerk auf der Landspitze Klettahöfði der Beginn besserer Zeiten sein möge und dass unsere Mitbürgerinnen und Mitbürger „endlich wieder die Sonne sehen, wenn sich der schwarze Vorhang der Arbeitslosigkeit hebt", wie unser Bürgermeister dies gestern Abend in den Fernsehnachrichten äußerte.

Vor fünfzehn Jahren wurde der Militärstützpunkt auf Klettahöfði aufgegeben und die Mehrheit der Einwohner über Nacht arbeitslos. Fünfzehn Jahre Stillstand. Die Einwohnerzahl von Selvík reduzierte sich um die Hälfte.

Die Gemeindepost möchte an diesem freudigen, hoffnungsvollen Tag weder Zweifel sähen noch negative Stimmung verbreiten. Aber als freie Zeitung in einem freien Land ist es unsere Pflicht, Fragen zu stellen und nach Antworten zu suchen. Das heißt nicht, dass wir an der Rechtschaffenheit und Ehrlichkeit der Personen zweifeln, die sich für die Siliziumfabrik auf Klettahöfði einsetzen. Vor gut einem Monat gab der Gemeinderat bekannt, dass ein Retter gefunden sei. Diesmal ist es nicht das amerikanische Militär, sondern ein amerikanischer Wirtschaftsmagnat namens Donald Smith, seines Zeichens Haupteigentümer und Initiator des ambitionierten Bauprojekts auf der Landspitze. Manches bei diesem Projekt überrascht. Warum wurde keine Einwohnerversammlung abgehalten, um die Leute besser zu informieren? Was ist mit dem Bebauungsplan? Müsste dieser nicht vorliegen, bevor man mit dem Bau beginnt? Was ist mit einer Gefahrenanalyse in Bezug auf Erdbeben? Selvík liegt in einem der aktivsten Erdbebengebiete Islands.

Falls es noch nicht alle wissen, geben wir hiermit bekannt, dass dieser ausländische Wirtschaftsmagnat nicht nur eines der weltweit größten Siliziumwerke errichten wird, sondern die gesamte Landspitze gekauft hat und plant, dort ein Haus zu bauen, oder vielmehr ein Schloss, sein zukünftiges Zuhause in einer sich erwärmenden Welt. Müssen Gemeindegrundstücke nicht öffentlich zum Verkauf ausgeschrieben werden? Wann wird die Veräußerung von Land an Ausländer endlich reglementiert? Wer ist dieser Donald Smith? Welche …

„Liebe Isländer! …“

Sigríður wird beim Lesen durch die dröhnende Stimme des Bürgermeisters aufgeschreckt, die aus dem Lautsprecher durch das geöffnete Fenster ins Haus dringt. Sie schaut auf die Uhr, es ist kurz vor vier. Sie ist zu spät.

„Liebe Isländer! …”

Sigríður schließt das Fenster. Sie hat Gísli versprochen, um Viertel vor vier da zu sein, damit er noch genug Zeit hat, seinen Anzug anzuziehen, bevor die Feier beginnt. Er wurde überraschend zum Versammlungsplatz gerufen, um die Lautsprecheranlage einzustellen.

Sigríður steckt die Gemeindepost in ihre Handtasche, schnappt sich den Kleiderbügel mit dem Anzug und eilt zum Wagen.

„Liebe Isländer! … nun sehen wir endlich wieder die Sonne, da sich der schwarze Vorhang der Arbeitslosigkeit hebt", ruft Jón Bürgo ins Mikrofon.

Sigríður rast los, der Regen trommelt gegen die Autoscheiben.

„Liebe Isländer! …", schallt es auf Kanal 1 aus dem Autoradio, „die Existenz unserer Gemeinde und der ganzen Nation ist gerettet! Ich musste oft an meinen Namensvetter, Präsident Jón Sigurðsson, denken …"

„Ach, halt doch die Klappe", blafft Sigríður das Radio an und schaltet es aus.

Gísli steht durchnässt und frierend auf dem Parkplatz vor dem Versammlungsgelände und tritt von einem Bein aufs andere. Sigríður hält direkt neben ihm an.

„Du bist zu spät", schimpft er, greift nach dem Kleiderbügel, nimmt aber nur das Sakko mit.

„Du hast die Lautsprecher viel zu laut gestellt, man hört die Rede im ganzen Ort, außerdem wird sie live auf Kanal 1 übertragen."

Sigríður hält sich die Ohren zu.

„Das war ja der Sinn der Sache", platzt er heraus. „Alle sollen hören, was Jón sagt: Die Existenz unserer Gemeinde und der ganzen Nation ist gerettet …", ahmt er den Bürgermeister feixend nach. Dann stapft er auf die Menschenmenge zu, dreht sich noch einmal um und signalisiert seiner Frau, dass sie sich beeilen soll.

Sigríður schüttelt den Kopf, nein, er soll ohne sie gehen. Sie hat keine Lust, sich die Schwadronade von Jón Bürgo anzuhören. Aber sie muss lachen, als sie ihrem Mann hinterherschaut, im schicken Sakko und mit zerrissener Jeans.

Sie sind seit siebenunddreißig Jahren verheiratet.

2. VIERZEHN HIMMELBLAUE HEMDEN

Vierzehn! Margrét starrt auf die Hemden im Wäschekorb, die sie beim Herausnehmen aus dem Trockner gezählt hat. Vierzehn himmelblaue Hemden, alle gleich. Ja, Jóhann wechselte jeden Tag sein Hemd. Er brachte die schmutzigen jeden Freitag zur Wäscherei, bevor er in die Bank ging, und wenn er gegen fünf wieder nach Hause kam, brachte er einen Stapel saubere, gefaltete Hemden von der Woche davor wieder mit. Dann wusste sie, dass Freitag war. Bei ihr waren alle Tage gleich, nur die Freitage unterschieden sich von den anderen.

Dann kam jener Freitag, an dem er dieselben schmutzigen Hemden zurückbrachte, die er am Morgen mitgenommen hatte, zusätzlich zu denen von der Woche davor. Schmutzig und ungebügelt. Die Wäscherei existierte nicht mehr, sie war pleite gegangen, die einzige Wäscherei in Selvík. Jóhann regte sich nicht darüber auf, sondern sagte, er könne seine Hemden selber waschen, so wie früher auch. Sie kamen beide nicht auf die Idee, dass Margrét das übernehmen könnte, denn sie war nie eine besonders gute Hausfrau gewesen. Jóhann hingegen hatte Spaß am Wäschewaschen und liebte es zu bügeln. Deshalb hatte Margrét sich darüber gewundert, als er anfing, seine Hemden in die Wäscherei zu bringen. Er aber meinte, er mache das nur zur Unterstützung der kleinen Firmen vor Ort, die um ihre Existenz kämpfen mussten. Als wenige Zeit später die Bank pleite ging, begann er, auch für andere Leute die Wäsche zu machen – bis zu seinem ersten Schlaganfall. Er starb vor einigen Tagen und wurde gestern beerdigt.

Margrét hat nicht lange gefackelt und heute Morgen begonnen, Jóhanns Kleiderschrank leerzuräumen, die Kleidungsstücke zu sortieren und in Kisten für das Rote Kreuz zu packen. Dabei ist sie auf den Wäschebeutel mit den schmutzigen Hemden gestoßen. Er muss schon lange Zeit dort gelegen haben, und jetzt hat sie alle Hemden gewaschen und getrocknet. Sie holt eine schwarze Plastiktüte und stopft die Hemden hinein. Sie sieht auf einmal Jóhann vor sich, wie er vor dem Bügelbrett steht und mit zufriedenem Gesichtsausdruck ein Hemd bügelt. Sie kippt die Tüte wieder aus, betrachtet das Hemdengewirr auf dem Boden, und bevor sie weiß, was sie tut, hat sie das Bügelbrett und das Bügeleisen geholt und bügelt das erste Hemd. Sie möchte das für ihn tun, denn sie weiß, dass es ihm nicht gefallen würde, wenn seine Hemden ungebügelt beim Roten Kreuz landen.

Sie gibt sich große Mühe, bügelt jedes einzelne Hemd sorgfältig, und zu ihrer Verwunderung genießt sie die

Arbeit. Sie schließt die Knöpfe, faltet das Hemd zusammen, achtet darauf, dass der Kragen exakt in der Mitte liegt und die Schultern auf beiden Seiten gleich eingeschlagen sind – sie misst sogar mit einem Maßband vier Zentimeter vom Kragen ab. Das hat sie vor vielen Jahren auf der Hauswirtschaftsschule gelernt. Sie faltet die Ärmel nach hinten und klappt den Reverskragen um, spart es sich aber, die Manschette des einen Ärmels hervorstehen zu lassen, obwohl ihre Hauswirtschaftslehrerin damals besonderen Wert auf dieses Detail gelegt hatte. Sie versucht sich zu erinnern, ob sie seit ihrer Schulzeit auch nur ein einziges Herrenhemd gebügelt hat. Wahrscheinlich nicht. Jóhann kümmerte sich immer selber um seine Kleidung. Nachdem er erkrankt war und sich nicht mehr ohne fremde Hilfe anziehen konnte, war es praktischer, ihm einfach ein T-Shirt überzuziehen. Sogar als er nicht mehr laufen konnte, wollte er jeden Tag anständig angezogen sein.

Margrét und Jóhann waren sehr unterschiedlich gewesen, wie Tag und Nacht. Am Anfang hatten sie überhaupt nichts gemeinsam, außer vielleicht seinen Drang, jemanden bemuttern zu können, und ihrem Bedürfnis , bemuttert zu werden. Später war es die Trauer, die sie miteinander verband, gleichzeitig aber auseinanderbrachte.

In Selvík waren alle erstaunt, als sich herumsprach, dass Margrét geheiratet hatte und fortgezogen war. Am meisten erstaunt war sie selbst. Es ging alles so schnell. Sie hatte noch gar nicht ans Heiraten gedacht, hatte im Winter ihren Vater und somit auch ihr Zuhause verloren, denn ihr Vater war Schuldirektor gewesen und hatte im Direktorenhaus gewohnt, in das sein Nachfolger schon im Frühling einzog. Margrét war eben erst von der Hauswirtschaftsschule nach Hause zurückgekehrt, hatte weder eine Arbeit noch eine Wohnung, konnte aber bei Sigríður Eltern unterkommen, bis sie eine dauerhafte Bleibe gefunden hatte.

Sie wusste von Jóhann so gut wie nichts. Im Grunde hatten sie sich gerade erst kennengelernt, als er einen Studienplatz an einer amerikanischen Business School bekam. Er war so glücklich, dass er gleich zwei Flugtickets kaufte. Margrét war noch nie im Ausland gewesen und fand es spannend mitzufahren und vielleicht eine Weile zu bleiben. Doch am Tag vor der Abreise meinte er plötzlich, es sei alles viel leichter, wenn sie verheiratet wären. Sie bekämen leichter eine Wohnung, und das Studiendarlehen sei höher, wenn er eine Familie zu versorgen hätte. Da Margrét sich darauf eingestellt hatte mitzufahren, sich einen Reisepass besorgt und schon fast alles gepackt hatte, sah sie keinen Grund, ihn nicht zu heiraten.

Die Erinnerungen strömen auf sie ein. Eine Sache hat sie noch nie jemandem erzählt und im Lauf der Jahre fast vergessen: Ihre Ehe beruhte auf einem Missverständnis. Es geschah ein paar Tage vor dem Abiball des Gymnasiums, auf dem Jóhann das Abitur gemacht hatte. Als ein gewisser Johann anrief, erkannte sie ihn nicht sofort, denn er verstellte seine Stimme und fragte mit übertriebenem Pathos, ob sie seiner Wenigkeit gnädigst die Ehre erweisen und ihn zum Abiball begleiten würde.

Fast hätte sie laut losgeprustet, beherrschte sich aber und entgegnete im selben Duktus, sie hege keinen sehnsüchtigeren Wunsch, als ihm Gesellschaft zu leisten.

Damit war die Sache beschlossen, und sie verabredeten, wann er sie abholen würde. Den Johann, den Margrét am Telefon zu erkennen glaubte, hatte sie im Winter auf dem Schulcampus kennengelernt, auf dem sich das Gymnasium und die Hauswirtschaftsschule befanden. Es gab einen regen Austausch zwischen den beiden Schulen sowie eine gemeinsame Theatergruppe. In diesem Winter führten sie Hamlet auf. Er spielte den Hamlet, und sie war die Souffleuse. Sie hatte sich ein bisschen in ihn verguckt, traute sich aber nicht an ihn heran, weil Sóla, das hübscheste Mädchen auf der Hauswirtschaftsschule, ebenfalls in ihn verknallt war und behauptete, er sei auch in sie verliebt.

Dann kam der Abiball. Und als der Anrufer bei ihr im Flur stand, um sie abzuholen, was blieb ihr da anderes übrig? Er in seinem schicken Anzug, mit Studentenmütze und allem Drum und Dran. Hätte sie die Sache richtigstellen sollen? Hätte sie sagen sollen, sie habe einen anderen Jóhann erwartet, Jóhann vom Sprachenzweig und nicht Jóhann vom Mathezweig? Sie brachte es nicht übers Herz und war gleichzeitig sauer auf den anderen Jóhann, weil er sie nicht gefragt hatte. Sie wollte es ihm heimzahlen, indem sie das Missverständnis nicht aufklärte. Deshalb tat sie so, als sei alles in Ordnung, ging mit dem falschen Jóhann zum Ball und anschließend durchs Leben.

3. DER TÖDLICHE UNFALL IN DER ÓFÆRUGJÁ

Sigríður fährt vom Versammlungsplatz zurück nach Hause, und bevor sie weiß, wie ihr geschieht, hält sie vor Margréts Haus. Was will sie hier? Das Schlimmste ist überstanden, Jóhann wurde gestern beerdigt.

Sie will gerade weiterfahren, als sie sieht, dass das Garagentor offensteht und Jóhanns Cadillac aufblitzt. Als Margrét und Jóhann aus Amerika zurückkamen, brachten sie den Wagen mit. Er erregte große Aufmerksamkeit, die Jungs aus dem Ort umringten ihn, traten gegen die Reifen und testeten die Federung. Er hatte abgedunkelte Scheiben, und der schwarze Lack glänzte wie Obsidian. Gísli hätte sich am liebsten unter die Jungs gemischt, wobei das völlig okay gewesen wäre, wenn Kalli auch nur einen Hauch von Interesse an Autos gezeigt hätte. Vater und Sohn teilten nicht dieselben Hobbys, und Gísli hatte es längst aufgegeben, seinen Sohn für seine eigenen Steckenpferde zu begeistern.

Was Margrét wohl mit dem Cadillac vorhat? Sie kann ja nicht Autofahren. Der Wagen steht unangetastet in der Garage, seit Jóhann vor zwei Jahren erkrankte. Sie wird ihn bestimmt verkaufen, vielleicht hat sie es sogar schon gemacht. Sigríður hofft es, denn sobald Gísli erfährt, dass der Cadillac zum Verkauf steht, will er ihn bestimmt haben, obwohl sie sich das nicht leisten können. Das darf nicht passieren. Jetzt weiß sie, was sie hier soll. Sie wird Margrét sagen, dass sie Gísli auf keinen Fall den Wagen verkaufen darf. Es regnet noch immer, als Sigríður aus dem Auto steigt. Man hört Jón Bürgo immer noch ins Mikrofon plärren. Sie geht zum Haus und bekommt plötzlich Angst, nicht wegen des Cadillacs, sondern weil Margrét vielleicht über die Sache sprechen will. Sigríður möchte nicht darin verwickelt werden, außerdem bestand sofort ein stilles Einvernehmen zwischen ihnen, es nicht zu erwähnen und lieber so zu tun, als wäre es nie geschehen – und so soll es auch bleiben. Man kann nicht über etwas sprechen, das nie passiert ist.

Sie klingelt einmal kurz an der Tür, drückt dann die Klinke herunter und geht ins Haus. Wenn die Haustür abgeschlossen ist, ist Margrét nicht da. Diese Angewohnheit, immer die Haustür abzuschließen, selbst wenn sie nur kurz rausgeht, hat sie aus Amerika mitgebracht. Hier in Selvík tut das sonst niemand.

„Hallo, hallo!", ruft Sigríður, als sie hereinkommt. Sie bleibt einen Moment im Flur stehen und wirft einen Blick in die Küche. Auf dem Küchentisch liegt ein Stapel himmelblauer Hemden, und daneben steht das Bügelbrett mit dem Bügeleisen. Offenbar hat jemand für Margrét gebügelt. Sigríður tritt in die Küche, berührt das Bügeleisen und stellt fest, dass es noch heiß ist.

„Warst du im Schwimmbad?"

Sigríður erschrickt, wirbelt herum und sieht Margrét aus dem Zimmer hinter der Küche kommen, das Zimmer, in dem Jóhann starb. Sie hat einen Pappkarton in der Hand.

„Nein, ich komme von der Landspitze, aber es hat so stark geregnet, dass ich nicht bei der Feier bleiben wollte."

„Welche Feier?"

„Sie haben den ersten Spatenstich für das Siliziumwerk gemacht."

„Das Siliziumwerk?"

Sigríður muss lachen.

„Nun tu doch nicht so, als wüsstest du das nicht … du hast doch bestimmt den Lärm gehört", entgegnet sie, sieht dann aber, dass die Fenster, die zur Landspitze zeigen, geschlossen sind.

Margrét gibt zu, dass sie vielleicht schon einmal etwas darüber aufgeschnappt hat, aber sie habe in letzter Zeit genug andere Dinge im Kopf, habe weder ferngesehen noch Radio gehört, geschweige denn Zeitung gelesen und deshalb nicht viel mitbekommen.

Sigríður versteht das natürlich, es kostet viel Zeit, sich um einen sterbenskranken Mann zu kümmern, aber sie fragt sich trotzdem, wie so oft, womit Margrét gemeinhin ihre Zeit verbringt. Sie ist fast immer beschäftigt. Sigríður versucht ständig, sie zum Spazierengehen zu überreden, aber Margrét hat meistens keine Zeit. Das änderte sich auch nicht, als der flinke Níels begann, sich um Jóhann zu kümmern.

„Ich bin noch nicht mal dazu gekommen, ein Buch zu lesen."

Das erinnert Sigríður an den Lesekreis bei Vibba heute Abend. Margrét war lange nicht mehr da gewesen, die Frauen aus dem Lesekreis vermissen sie. Es war eine große Bereicherung, als sie zu ihnen stieß. Margrét hat eine ungewöhnliche Sicht auf Geschichten und erkennt immer etwas darin, das die anderen nicht sehen. Es gelingt ihr, einen schlechten Krimi zu einer interessanten Geschichte zu machen, indem sie einfach nur fragt: „Was wäre denn, wenn die Hauptfigur dieses gesagt hätte und nicht jenes? Was wäre, wenn sie sich nicht hier, sondern dort verirrt hätte?"

Aber Margrét ist nicht in der Verfassung, sich in eine imaginäre Welt hineinzuversetzen. Sie lässt sich nicht überreden, obwohl Sigríður ihr erzählt, dass sie das neueste Buch von Stjarna Steins besprechen wollen. Margrét interessiert sich mehr für die Gemeindepost, die aus Sigríðurs Handtasche ragt.

„Darf ich?"

Sie wartet nicht auf eine Antwort, sondern greift nach der Zeitung.

„Es ist auch als Hörbuch erschienen", fährt Sigríður fort, „ich höre es auf meiner Joggingrunde, aber ich muss gestehen, dass ich enttäuscht bin. Die Story reißt einen irgendwie nicht mit, und es kommt mir so, als hätte die Autorin sich beim Schreiben gelangweilt."

Margrét blättert in der Zeitung und hört nicht richtig zu.

„Das ist ihr neunundddreißigstes Buch, die Autorin muss inzwischen ziemlich alt sein oder wahnsinnig produktiv."

Sigríður hat alle Bücher von ihr gelesen, und dieses

ist das einzige, von dem sie enttäuscht ist. Stjarna Steins ist das Pseudonym der Autorin oder des Autors und zugleich der Name der Hauptperson der Serie, eine Journalistin und Privatdetektivin. Bisher hat noch keiner herausgefunden, wer dahintersteckt.

„Letztens in der Bücherei meinte jemand, Stjarna Steins wäre unsere ehemalige Staatspräsidentin. Einer der bekanntesten Anwälte Islands wurde auch schon mit der Sache in Verbindung gebracht. Aber es ist garantiert ein Mann – das passt einfach zu den Geschichten."

Da Margrét immer noch nicht zuhört, wechselt Sigríður das Thema.

„Was hast du mit den Hemden vor?" Sie streicht über das oberste Hemd auf dem Stapel. „Wer hat sie für dich gebügelt?"

„Tödlicher Unfall in der Ófærugjá. Die Frau, die in der Schlucht tot in ihrem Auto gefunden wurde, heißt Agnes Jónatansdóttir ... ", liest Margrét laut vor.

„Was willst du mit den Hemden machen?", insistiert Sigríður, bereut ihre Frage aber sofort. Es sähe Margrét ähnlich, sie Gísli zu geben, deshalb fügt sie hastig hinzu, wie froh sie sei, dass Gísli keine Hemden mehr trage, sondern nur noch T-Shirts. Es sei eine große Zeitersparnis, nicht mehr andauernd Hemden bügeln zu müssen.

„Er trägt zwar noch Arbeitshemden über den T-Shirts, obwohl er arbeitslos ist, aber diese dicken, karierten bügelt ja keiner."

„... zweiunddreißig Jahre alt, ledig und kinderlos. Die Umstände des Unfalls sind noch ungeklärt. Von einem Ver-

brechen ist nicht auszugehen …“ Margrét blickt Sigríður fragend an.

„Sie wurde nach einer dreitägigen Suchaktion gefunden", sagt sie nachdenklich, „und war schon seit sechs Tagen verschwunden."

Sigríður braucht einen Moment, um zu begreifen, worüber Margrét spricht.

„Ach so, die Verunglückte. Ja, das ist furchtbar! Es gab Suchmeldungen im Fernsehen und im Radio. Sie arbeitete wohl für die Gemeinde Selvík. War Ingenieurin oder so was."

„Geowissenschaftlerin steht hier in der Zeitung. Zweiunddreißig Jahre alt.“

„Das ist schrecklich. Das Auto wurde in der Schlucht gefunden, es hatte sich überschlagen.“

„Warum hat man erst nach drei Tagen nach ihr gesucht?“

„Niemand hat sie vermisst, sie lebte allein.“

„Ein roter Jeep. Haben sie nicht mit Hubschraubern oder Drohnen gesucht?“

„Das Auto lag auf dem Dach. Sie konnten es erst sehen, als sie kurz davor standen. Oben auf der Straße war ein Leitpfosten zerbrochen. Der führte den Suchtrupp zu der Stelle.“

„Bist du mit dem Auto hier?“

„Ja.“

„Na, dann los!“

„Wohin denn?“

„Rauf zur Ófærugjá!"

4. HAUPTKOMMISSAR LÁRUS

Schweigend fahren sie die kurvige Straße hinauf zum Kap. Jetzt scheint wieder die Sonne, der Asphalt dampft vom Regenwasser.

Sigríður fährt diese Strecke ungern und nur, wenn es sich nicht vermeiden lässt. Doch nach der schwierigen Zeit mit Jóhanns Krankheit und Tod konnte sie Margrét den Wunsch nicht abschlagen. Eigentlich hat sie sich vor allem deswegen darauf eingelassen, weil sie etwas an ihrer Freundin wahrnahm, das sie an die Magga von früher erinnerte, als sie noch Mädchen waren. Dieses vertraute Verhalten, diese Energie, sogar das Blitzen in den Augen, wenn sie auf alle möglichen absurden Ideen kam. Eine Erinnerung an eine bestimmte Nacht schießt Sigríður durch den Kopf, da waren sie sechzehn und schlenderten von einem Schwoof im Gemeindehaus nach Hause. Es war eine helle Sommernacht, vor vielen Häusern hing Wäsche zum Trocknen an der Leine. Da hatte Margrét auf einmal den Schalk im Nacken und schlug vor, den Frauen einen Streich zu spielen. Sie hängten bei Stína die Wäsche ab, brachten sie ans andere Ende des Dorfs, hängten sie an Villas Leine, nahmen deren Wäsche wieder mit zurück und hängten sie an Stínas Leine. Damals wurde viel darüber spekuliert, aber es kam nie ans Licht, wer die Übeltäter waren.

Sigríður muss laut auflachen, und Margrét wirft ihr einen überraschten Blick zu.

„Weißt du noch, als wir die Wäsche umgehängt haben?"

Margrét weiß nicht, wovon sie spricht.

„Erinnerst du dich nicht? Nach dem Schwoof, bei dem die Tíglar gespielt haben!"

Sigríður fallen immer mehr Details zu der Sache ein, Margrét dagegen hat sie vollkommen vergessen und meint, das müsse ein anderes Mädchen gewesen sein.

„Soll ich dir wirklich glauben, dass du das vergessen hast?"

Margréts Aufmerksamkeit ist ganz im Hier und Jetzt. Sie starrt gebannt aus dem Fenster. Kurz bevor sie zur Ófærugjá kommen, kurbelt sie die Scheibe herunter, und als sie die Stelle erreichen, an der die Straße über die aufgefüllte Schlucht führt, steckt sie den Kopf aus dem Fenster. Sigríður umkrallt das Lenkrad so fest, dass ihre Fingerknöchel weiß werden. Vor dieser Stelle hat sie immer großen Respekt. Dabei stellte sie seinerzeit eine große Verkehrserleichterung dar. Früher gab es keine Straße über die Schlucht. Man konnte Selvík nur mit dem Boot erreichen. Das war vor Sigríðurs Geburt, aber sie hörte ihre Eltern oft darüber reden, was für eine große Verbesserung es sei, eine Verbindung zum Festland zu haben. Sie sprachen immer vom Festland, als wäre Selvík eine Insel. Als die Soldaten die Landspitze besetzten, bauten sie als Erstes eine Straße. Sie sprengten Material aus den Felswänden, füllten damit die Schlucht auf und legten die Straße darüber. Sie ist noch immer einspurig, obwohl sie ursprünglich verbreitert werden sollte. Dann zog das Militär ab, und niemand fühlte sich für diese gemeingefährliche Straße verantwortlich.

Sigríður hält den Wagen an, bevor sie über die aufgefüllte Stelle fährt, und betrachtet die nackte Felswand auf der gegenüberliegenden Seite. Als die Amerikaner damals den Fels sprengten, entstanden auf beiden Seiten der Schlucht glatte Wände. Dort, wo das Auto jetzt am rechten Straßenrand steht, ist die Wand viel steiler und reicht bis zum Boden der Schlucht. Daraus wurde später eine Kletterwand, an der Kalli als Jugendlicher viel Zeit verbrachte, bis er selbst Kletterlehrer wurde. Sigríður hatte schon immer Höhenangst und ging nie mit, wenn ihr Sohn klettern übte, genausowenig wie sein Vater, der ständig für die Militärbasis arbeitete. Sie kriegten beide nicht viel mit von dem wachsenden Interesse des Jungen an dieser Sportart. Hätten sie doch nur …

Liebe Mama,

morgen werde ich den Gipfel erreichen. Ich denke viel über das Leben nach, während ich mich – Schritt für Schritt – dem Ziel nähere. Das Leben ist wie eine Kletterwand. Das Ziel ist nicht, den Gipfel zu erreichen, sondern den richtigen Weg dorthin zu finden. Mit jedem Schritt werde ich reicher an Erfahrung. Durch Konzentration meistere ich die Herausforderung und besiege die Angst. Auf diese Weise komme ich immer näher an das schlussendliche Ziel. So ist auch das Leben. Der letzte Schritt ist nicht größer als all die anderen Schritte auf dem Lebensweg.

Sigríður verdrängt den Gedanken, legt den ersten Gang ein und rollt ganz langsam über die Schlucht.

„Halt an!“, ruft Margrét plötzlich. „Da fehlt ein Leitpfosten!“

Sigríður zuckt zusammen und bremst abrupt.

„Hast du mich erschreckt!”

„Komm, lass uns aussteigen und das anschauen.”

„Was anschauen?”

„Park den Wagen am Straßenrand.”

Sigríður weigert sich hartnäckig und sagt, sie werde keinen Zentimeter näher an den Rand heranfahren.

Doch Margrét ist schon ausgestiegen und geht quer über die Straße zu der Stelle an der steil abfallenden Abbruchkante, wo der Leitpfosten fehlt. Sigríður lässt auf beiden Seiten die Autoscheiben runter und ruft ihr nach, sie soll vorsichtig sein und nicht zu nah an die Kante gehen.

„Hier sind keine Bremsspuren und auch keine anderen Reifenspuren”, ruft Margrét zurück. Sie hockt sich auf die Fersen und kratzt ein bisschen im Schotter herum, als suche sie nach etwas, ohne zu wissen, was. Dann setzt sie sich an die Abbruchkante und blickt in die steile Schlucht hinunter. Sie versucht sich vorzustellen, was passiert ist. Dort unten lag die junge Frau sechs Tage lang tot in ihrem Auto. Vielleicht war sie auch nicht sofort tot, sondern schwer verletzt, und niemand wusste davon. Vielleicht war sie bei Bewusstsein und rief um Hilfe. Als Margrét den Straßenrand ins Visier nimmt, sieht sie unter einer Erosionskante etwas glitzern. Sie steht auf und will nachschauen, was es ist. In diesem Moment hört sie ein Geräusch, blickt auf und sieht ein Auto aus derselben Richtung heranrollen, aus der auch sie gekommen sind.

„Da kommt ein Auto!“, ruft Sigríður. „Was soll ich machen? Der kommt nicht vorbei, aber ich fahre nicht näher an den Rand!“

Das Auto ist ein Streifenwagen. Der Fahrer will gar nicht überholen, sondern bleibt kurz hinter Sigríðurs Wagen stehen und steigt schnell aus. Es ist Lárus, der Polizeihauptkommissar von Selvík. Sein Gesicht ist merkwürdig verschrammt. Er fragt, ob sie ein Problem hätten, und Sigríður antwortet, sie würden sich nur die Stelle anschauen, an der das Auto der Geowissenschaftlerin von der Straße abgekommen sei.

„Hier gibt's nichts zu sehen”, entgegnet er barsch.

„Was ist denn mit dir passiert? Hat dich eine Katze gekratzt?“

Er antwortet nicht, doch im selben Moment kommt Margrét zu ihnen herüber und will auch wissen, ob ihn eine Katze gekratzt hätte. Er schüttelt gereizt den Kopf, woraufhin sie ihn fragt, ob er den Tatort inspizieren wolle. Ohne etwas zu sagen, öffnet er seinen Kofferraum und holt einen gelben Leitpfosten mit Reflektoren sowie einen kleinen Spaten heraus. Er geht zum Straßenrand und beginnt an der Stelle, wo der fehlende Leitpfosten stand, ein Loch zu graben. Dann findet er endlich seine Sprache wieder und sagt, das gehöre zwar nicht in seinen

Aufgabenbereich, sondern sei Sache des Straßenbauamts, aber die seien immer so langsam, und da es Nebel geben solle, sei es sicherer, wenn er sich selbst darum kümmere.

„Nicht auszudenken, wenn hier noch ein Unfall passiert", murmelt er. „Es darf auf keinen Fall das Gerücht aufkommen, dass es sich um eine unfallträchtige Stelle handelt, ausgerechnet jetzt, wo sie mit dem Bau des Siliziumwerks anfangen. Auf dieser Straße wird es in der nächsten Zeit wesentlich mehr Verkehr geben, das wird eine der meistbefahrenen Strecken des Landes."

„Ich dachte, es soll ein Tunnel unter der Hraunheiði gebaut werden", wirft Margrét ein.

„Na, ob ich das noch erleben darf …"

Genervt rammt er den Leitpfosten in das Loch. Margrét steht jetzt dort, wo sie eben noch saß, und starrt in die Schlucht.

„Was glaubst du, wie es zu dem Unfall kam?"

„Sie könnte am Steuer eingenickt sein", antwortet Lárus ungerührt.

Margrét erwidert, sie halte es für unwahrscheinlich, dass die Frau am helllichten Tag eingeschlafen und ausgerechnet hier von der Straße abgekommen sei, an der einzigen steil abfallenden Stelle. Dann will sie wissen, ob er bei dem Autowrack war.

Lárus sagt, er habe nur auf die Stelle hingewiesen, als er entdeckte, dass ein Leitpfosten fehlte. Die Rettungsmannschaft habe sich dann abgeseilt und sei so direkt zu dem Auto gelangt.

„Hast du die Leiche gesehen?“ Margrét versucht, Lárus ins Gesicht zu schauen, aber er beugt sich über den Pfosten.

„Ich hab sie gesehen, nachdem sie sie rauf zur Straße gebracht hatten.“

„War das nicht furchtbar?“

„Sie muss sofort tot gewesen sein, sagte der Arzt mir später. Der Wagen hatte einen Totalschaden, war nur noch ein Schrotthaufen.“

„Wohin brachten sie sie?“

„Na, direkt ins Krankenhaus.“

„Ins Krankenhaus! Wozu? Sie war doch tot.“

„Sie wurde obduziert.“

„Warum? Gab es irgendeinen Verdacht …“

„Es gab überhaupt keinen Verdacht“, fällt er Margrét ins Wort. „Das wird immer gemacht, wenn die Unfallumstände unklar sind.“

Er spricht hastig und gerät ins Stammeln: „Sie ist von der Fahrbahn abgekommen, war allein, keine Zeugen. Vielleicht bekam sie am Steuer einen Herzinfarkt, einen epileptischen Anfall, ist eingeschlafen …“

Dann stutzt er plötzlich. Er schaut erst zu Margrét und dann zu Sigríður, die immer noch im Wagen sitzt, und will wissen, was sie eigentlich hier zu suchen hätten, warum sie ihn über die Sache ausfragen würden, er dürfe ihnen gar nichts sagen.

„Die Unfallursache wird noch ermittelt, und währenddessen bekommen nur die engsten Angehörigen Auskünfte. Kanntet ihr die Verstorbene?”

„Ich war ihre … äh“, Margrét beißt sich auf die Lippe, „ich war ihre Tante. Sie war meine Nichte, die Tochter meiner Schwester“, sagt sie mit belegter Stimme.

„Sie war deine Nichte? Warum hast du mir das nicht gleich gesagt? Du hast es momentan wirklich nicht leicht, du Arme“, sagt Lárus, jetzt ganz sanft. „Erst verlierst du deinen Mann nach schwerer Krankheit und dann stirbt deine Nichte bei diesem … Unfall.“ Er stockt, und seine Stimme wird wieder streng: „Also, ihr solltet jetzt besser fahren. Beeilt euch, bevor der Nebel aufzieht. Ihr wisst ja, wie heftig der hier über der Schlucht werden kann. Und du, Margrét, bekommst bestimmt weitere Auskünfte von ihren nächsten Angehörigen.“

Sigríður lässt den Motor an, fährt weiter über die Schlucht und wendet an dem Aussichtspunkt auf der anderen Seite. Als sie zurückfahren, hat Lárus den Streifenwagen auf dem Parkplatz der Kletterwand abgestellt und steht gebeugt am Straßenrand, genau dort, wo Margrét etwas glitzern gesehen hat.

„Warum hast du ihm was vorgelogen?“, sagt Sigríður, als sie ungefähr auf halber Strecke von der Landspitze zum Ort sind.

„Vorgelogen?“

„Dass du eine Schwester hast.“

5. JETZT WIRD ALLES GUT

Als Sigríður an diesem Montagmorgen nach Hause kommt, hat Gísli schon Kaffee gekocht, gefrühstückt und ist rausgegangen. Das ist ungewöhnlich, denn normalerweise steht er erst auf, wenn sie Kaffee aufgesetzt hat. Er hat sogar den Tisch gedeckt, und im Ofen liegt ein warmes Brötchen für sie.

Sigríður geht in den Flur und vergewissert sich, dass er nicht zu Hause ist. Sein Anorak und seine Schuhe sind weg. Sie wird sich also noch etwas gedulden müssen, bis sie ihm die freudige Nachricht überbringen kann. Sie hat einen Job in der Kantine des Siliziumwerks bekommen, die vorübergehend in der Sporthalle eingerichtet wird, bis die Speisehalle draußen auf der Landspitze fertig ist. Die Speisehalle gehört zum ersten Abschnitt des Bauprojekts.

Da die Gemeindepost noch nicht da ist, hat Sigríður beim Frühstück nichts zu lesen. Stattdessen schaut sie aus dem Küchenfenster, von dem aus man das Kap gut sehen kann. Ein Baukran ragt dort auf und ein zweiter am Hafen. In der Gemeindepost stand, dass der Hafen vergrößert werden muss, und damit haben sie wahrscheinlich jetzt angefangen. Seevögel kreisen neugierig über dem Gelände, sie sind Menschen und Lärm an diesem Ort nicht gewohnt.

Nachdem Sigríður ihren Kaffee ausgetrunken hat, steht sie auf, lässt Wasser ins Spülbecken laufen, gibt ein paar Spritzer Spülmittel dazu und beginnt mit dem

Abwasch. Sie besitzen keine Spülmaschine. Sigríður versteht nicht, warum die Leute unbedingt solche Geräte brauchen. Sie genießt es, die Hände in das wohltemperierte, weiche Wasser zu tauchen und das Geschirr abzubürsten. Es ist beruhigend.

Gísli ist bestimmt rausgegangen, um die anderen Männer zu treffen – wobei er das lange nicht mehr gemacht hat, seit Monaten nicht. In der Tankstelle gibt es eine kleine Kaffee-Ecke, in der sich die Männer immer zum Plausch verabreden. Nachdem Gísli seinen Job verloren hatte, ging er eine Zeitlang hin, hörte aber irgendwann damit auf, weil er meinte, es gebe nichts Frustrierenderes, als andere Arbeitslose zu treffen.

Sigríður hört draußen ein sich näherndes Motorengeräusch. Es ist definitiv kein Auto, es klingt wie ein wesentlich größeres, schwereres Fahrzeug. Jetzt dröhnt es direkt vor ihrem Fenster. Sigríður schaut hinaus und sieht den Bulldozer – mit Gísli auf dem Fahrersitz! Was ist da los? Sie lässt den Abwasch liegen, eilt auf den Bürgersteig und blickt in das breit grinsende Gesicht ihres Mannes.

„Pass auf, Frau, sonst fahre ich dich über den Haufen!", ruft er durch das Dröhnen des Motors. Sie ruft zurück, was er denn auf dem Bulldozer mache. Er schaltet den Motor aus, springt runter zu seiner Frau, nimmt sie in den Arm und gibt ihr einen schmatzenden Kuss auf den Mund.

„Bist du betrunken?!"

„Unfassbar! Wenn ich meine Frau küsse, glaubt sie sofort, ich wäre betrunken!"

„Was ist denn los?“

„Nichts ist los.“

„Will jemand den Bulldozer kaufen?“

Er antwortet nicht und macht ein geheimnisvolles Gesicht.

„Hast du …?“ Sigríður kann es kaum fassen. „Hast du etwa …?“

„Einen Job!“, beendet er den Satz und küsst sie noch einmal.

„Wirklich?“, japst sie zwischen seinen Küssen.

„Hab gerade unterschrieben!“

„Ich auch!“

„Du auch?!“

„Ich habe auch gerade unterschrieben!“

Außer sich vor Freude machen sie mitten auf der Straße ein paar Tanzschritte. Dann gehen sie mit schallendem Lachen Hand in Hand ins Haus.

Jetzt wird alles gut!

6. EINE BEERDIGUNG UND EIN TRAUERMAHL

Die Freundinnen sitzen in Sigríðurs Auto und sind auf dem Weg in die Stadt. Sigríður hat noch kein Wort gesagt, seit sie losfuhren, und Margrét hat vergeblich versucht, ein Gespräch in Gang zu bringen.

„Ach, komm schon, nun mach doch nicht so ein sauertöpfisches Gesicht. Das wird schon in Ordnung sein, wir setzen uns einfach in die letzte Reihe und verhalten uns ganz unauffällig."

Sigríður ist vor allem wütend auf sich selbst, weil sie sich darauf eingelassen hat, Margrét zu begleiten.

„Wir kannten die Frau überhaupt nicht!"

Doch Margrét ist ganz unbesorgt und meint, es bestehe keine große Gefahr, dass sie auffliegen, die Leiche könne schließlich nichts mehr sagen.

Rasch nähern sie sich Reykjavík, und schon bald überqueren sie die Stadtgrenze. Margrét weist Sigríður den Weg: an der nächsten Ausfahrt rechts von der Schnellstraße runter, dann nach links und noch ein Stück weiter in das Viertel hinein, dann müssten sie die Kirche schon sehen können.

„Das Trauermahl ist anschließend im Gemeindehaus neben der Kirche."

Hastig lenkt Sigríður den Wagen an den Rand und bremst abrupt, sodass Margréts Kopf gegen die Windschutzscheibe geknallt wäre, wenn sie sich nicht angeschnallt hätte.

„Kommt nicht in Frage! Ich gehe nicht zum Trauermahl!"

„Natürlich gehen wir hin!"

„Auf gar keinen Fall. Ich begleite dich in die Kirche, wie versprochen, aber ich mische mich nicht unter die Trauergäste, vergiss es!"

Margrét bemüht sich, sie umzustimmen, und schlägt vor, sich als alte Schulfreundinnen auszugeben, falls sie jemand fragt. Sigríður wendet ein, das sei höchst unglaubwürdig, schließlich seien sie ungefähr dreißig Jahre älter als die Verstorbene.

„Dann sagen wir halt, wir waren zusammen im Nähkränzchen“, meint Margrét nach kurzem Nachdenken.

„Im Nähkränzchen! Hochstudierte Wissenschaftlerinnen sind in keinem Nähkränzchen, und für den unwahrscheinlichen Fall, dass sie es doch sind, dann bestimmt nicht zusammen mit arbeitslosen, ungebildeten alten Weibern vom Land wie uns. Ich begleite dich in die Kirche, aber kein Wort mehr über das Trauermahl!“ Sie legt den Gang ein und macht einen Kavaliersstart, bei dem die Reifen quietschen.

Als sie zur Kirchentür kommen, sehen sie ein Schild, auf dem steht, dass die Beerdigung um zwei Uhr angefangen hat. Jetzt ist es kurz vor halb drei. Margrét ist sich sicher, dass bei den Beerdigungsankündigungen im Radio von halb drei die Rede war. Zögernd stehen die Frauen vor der Kirchentür. Erst jetzt bemerkt Sigríður Margréts Outfit. Sie trägt einen braunen Hosenanzug, aber Hose und Sakko passen nicht zusammen. Margrét hat zwei braune Hosenanzüge miteinander vermischt. Darauf hätte Jóhann sie garantiert hingewiesen, wenn er noch leben würde.

Margrét drückt die Klinke nach unten, öffnet vorsichtig die große, schwere Tür. Sie huschen hinein und suchen sich einen Platz in der hintersten Bankreihe.

Der Pfarrer ist mitten in der Trauerrede:

„… sie wählte nicht die Mutterrolle, sondern Mutter

Erde und fand ihre Berufung inmitten von feuerspeienden Bergen, eingestürzten Felsen und gespaltener Erde …"

Margrét lässt den Blick durch die Kirche schweifen. Sie hatte mit einer großen Menschenmenge gerechnet, mit einer vollbesetzten Kirche, so wie meistens, wenn jemand jung stirbt, in diesem Fall eine junge, erfolgreiche Wissenschaftlerin. Jetzt kann sie Sigríður verstehen und fühlt sich wie ein ungebetener Gast. Es ist wohl doch besser, wenn sie sich das Trauermahl sparen.

Als sie die Kirche nach dem Gottesdienst verlassen wollen, tritt ihnen eine Frau in den Weg und fragt, ob sie richtig sehe und ob sie nicht Magga sei. Sie spricht laut, viel zu laut für eine solche Situation. Margrét überlegt, wer die Frau sein könnte.

„Bist du etwa die Sóla?", fragt sie dann und denkt: Sieh mal einer an, das hübscheste Mädchen von der Hauswirtschaftsschule. Sie begrüßen sich mit fröhlichem Hallo.

„Du hast dich überhaupt nicht verändert!"

„Du auch nicht, du siehst noch genauso aus wie früher …"

Als Sigríður die Gelegenheit nutzen und sich verdrücken will, wird sie an der Schulter gepackt.

„Darf ich vorstellen: Das ist Sigríður, meine allerbeste Jugendfreundin", sagt Margrét.

„Freut mich dich kennenzulernen, Sigríður", sagt Sóla und reicht ihr die Hand. Sie lässt Sigríðurs Hand nicht mehr los, nimmt Margrét mit der anderen Hand am Arm und dirigiert die beiden unter munterem Geplapper ins Gemeindehaus, wo sie sich mit ihnen an einen Tisch setzt.

„Welche Verbindung hattet ihr zu Agnes?"

„Ich bin …", setzt Margrét an, doch als sie kurz zögert, nutzt Sigríður die Chance, um sich an ihrer Freundin dafür zu rächen, dass sie sie zu dieser Beerdigung gezwungen hat: „Sie war Margréts Nichte", erklärt sie schadenfreudig und fügt zur Bekräftigung hinzu: „Die Tochter ihrer Schwester. Ich selbst kannte sie gar nicht, ich bin nur die Chauffeurin."

Sóla ist sprachlos – warum wusste sie das nicht? Sie dachte immer, Agnes hätte keine Verwandten, denn ihre Eltern sind beide tot. Sie erwähnte nie, dass sie eine Tante hat!

Jetzt wäre eigentlich der passende Moment, um die Lüge, die Margrét dem Hauptkommissar aufgetischt hat, richtigzustellen, aber weil ihr kein anderer Grund für ihre Teilnahme an der Beerdigung einfällt, lässt sie es bleiben. Stattdessen versucht sie, sich aus der Bredouille zu ziehen, indem sie sagt, sie habe leider schon früh den Kontakt zu ihrer Schwester verloren, es gebe keinen großen Zusammenhalt in ihrer Familie. Dabei macht sie ein betretenes Gesicht.

„Dann müsstest du eine ihrer engsten Verwandten sein, oder?"

„Und du?", fragt Margrét und weicht der unangenehmen Frage aus. „Welche Verbindung hattest du zu Agnes?"

Sóla hat kein Problem, das zu erläutern. Sie waren

Arbeitskolleginnen im Geowissenschaftlichen Institut. Sóla arbeitet schon seit über dreißig Jahren dort, in der Gebäudereinigung. Sie war lange Zeit leitende Reinigungskraft. Zu ihrem dreißigjährigen Arbeitsjubiläum wurde sogar ein Fest organisiert.

„Mit Reden und allem Drum und Dran."

„Kanntest du sie gut?", fragt Margrét.

Sóla überlegt kurz und sagt dann, sie habe Agnes wahrscheinlich besser gekannt als die meisten anderen im Institut. Als sie gesehen habe, dass es keinen Nachruf auf sie gab, habe sie selbst ein paar Zeilen zu Papier gebracht. Ihr Chef habe zwar einen Artikel geschrieben, aber der sei so wissenschaftlich, dass man ihn unmöglich verstehen könne. Agnes sei nicht sehr gesellig gewesen und habe viel gearbeitet. Sie sei immer in ihrem Büro gesessen, wenn Sóla kam, um zu putzen, nachdem alle anderen längst Feierabend gemacht hatten. Sogar an Heiligabend sei Agnes im Büro gewesen, als Sóla kurz im Institut vorbeischaute, um ein Päckchen zu holen, dass sie am Morgen dort vergessen hatte.

„Nach dem Tod meines Mannes habe ich sie auf ihren Exkursionen außerhalb der Stadt begleitet. Und was ist mit dir? Bist du verheiratet?"

„Ich war verheiratet, mein Mann hieß Jóhann und ist vor Kurzem gestorben."

„Ich glaub's ja nicht!", ruft Sóla eher fröhlich erstaunt als mitfühlend. „Meiner hieß auch Jóhann!"

Sie hat ihn also geheiratet, denkt Margrét und spürt einen Anflug ihrer alten Eifersucht.

„Wir hatten so viele Gemeinsamkeiten“, fügt Sóla hinzu.

Während Margrét noch versucht, sich daran zu erinnern, was sie sonst noch mit Sóla gemeinsam hatte, außer dass sie beide in denselben Jóhann verknallt waren, hat Sóla sich zu Sigríður gedreht und bombardiert sie mit Erinnerungen an die Schulzeit: wie sehr sie den Kochunterricht gehasst hätten und die Handarbeitsstunden noch mehr, wie sie heimlich unter der Kellertreppe geraucht hätten, und wie sie einmal beide mit Kotzerei im Bett lagen, nachdem sie mit den Jungs vom Gymnasium Selbstgebrannten getrunken hatten.

„Und jetzt seid ihr beide Witwen”, entgegnet Sigríður und muss auf einmal kichern.

Margrét und Sóla schauen sie irritiert an, müssen dann aber auch kichern. Sie giggeln wie zwölfjährige Schulmädchen, völlig unangemessen bei der ernsten Stimmung im Gemeindehaus. Die Leute am Nachbartisch werfen ihnen vorwurfsvolle Blicke zu. Die drei Frauen ringen um Beherrschung und halten sich die Hände vor den Mund. Sigríður bekommt sich als Erste wieder in den Griff:

„Eine schreckliche Vorstellung, dass sie tot ist, diese junge, talentierte Wissenschaftlerin“, sagt sie mit tränenerstickter Stimme, schaut sich im Saal um und hofft, dass die Leute es gehört haben.

„Ja, ganz schlimm“, stimmen die anderen ihr fast gleichzeitig zu, „fürchterlich!“

Die Beerdigungsstimmung ist wieder da.

„Agnes war speziell, aber sie war ein anständiger Mensch", sagt Sóla feierlich.

Margrét fragt sie, was sie bei diesen gemeinsamen Exkursionen gemacht hätten. Sóla schüttelt den Kopf und antwortet, sie habe keinen blassen Schimmer, Agnes habe verschiedene Messgeräte dabei gehabt und Untersuchungen für ein Siliziumwerk gemacht, das drüben in Selvík gebaut werden soll. Dann geht ihr plötzlich ein Licht auf: „Moment mal, wohnst du nicht da, Magga? In Selvík?"

Als Margrét bejaht, ist Sóla noch perplexer als vorher: „Agnes hat nie erwähnt, dass sie eine Tante in Selvík hat! Wenn ich gewusst hätte, dass diese Tante keine andere ist als du, Magga, dann hätte ich natürlich auf einen Kaffee bei dir vorbeigeschaut, während Agnes mit ihren Messgeräten herumhantierte! Hat sie dich nie besucht?"

Das ist die zweite Gelegenheit für Margrét, das Lügengeflecht zu entwirren, bevor es zu spät ist … aber sie lässt sie verstreichen.

STJARNA STEINS
TOD EINER WISSENSCHAFTLERIN

Obwohl diese Geschichte auf wahren Ereignissen beruht, ist sie in erster Linie Fiktion. Personen werden nicht mit ihren richtigen Namen genannt, sondern mit Berufsbezeichnungen, Beinamen oder Spitznamen markiert, dasselbe gilt für Orte. Sollten die Leser Ähnlichkeiten zwischen einer Person im Roman und einer realen Person erkennen – oder sich an ein reales Ereignis erinnert fühlen –, so ist das kein Zufall.

7. SIGRÍÐUR HAT IHREN MANN IM GRIFF

„Warst du in der Stadt?", fragt Gísli.

„Wieso?"

„Woher hast du den Schellfisch?"

Sigríður musste für den frischen Schellfisch nicht in die Stadt fahren. Man muss nicht mehr weit fahren, um frische Lebensmittel einzukaufen. Heutzutage kriegt man alles im Laden vor Ort. Die Fische zappeln quasi noch auf dem Verkaufstresen, und auch die Auswahl an der Fleischtheke ist riesengroß. Es ist angenehm, in Selvík zu wohnen. Die Sorgen lösen sich allmählich in Luft auf. Aber da ist noch ein großes Problem, das nicht verschwindet, sondern von Tag zu Tag schlimmer wird. Es gibt zu wenig Wohnraum. Alle Garagen, Dachböden und Kellerräume sind vermietet. Das Leben verändert sich rasend schnell, sodass die ältesten Einwohner des Orts kaum noch mitkommen.

Das ist das Gesprächsthema am Abendbrottisch in Sæbakki, während das Ehepaar gekochten Schellfisch mit Kartoffeln und geschmolzener Butter isst. Sigríður hat es angesprochen, weil sie eine Idee hat, über die sie in den letzten Tagen ernsthaft nachdachte.

„Vielleicht sollten wir ein Zimmer vermieten."

„Wir? Wir haben kein Zimmer zum Vermieten. Oder denkst du dabei an Guðrúns Zimmer? Soll ich etwa mit meiner Werkstatt wieder in die Garage ziehen? Die Antwort ist nein."

„Ich dachte eher an Kallis Zimmer."

Er blickt sie fassungslos an.

„Aber wo willst du denn dann …?“

„Ich brauche keinen ganzen Raum“, unterbricht sie ihn. „Ich kann mir im Wohnzimmer eine Ecke einrichten.“

Gísli steht auf, geht zu ihr, zieht sie vom Stuhl hoch und nimmt sie in den Arm.

„Sollten wir dann nicht lieber ein Gästezimmer daraus machen? Dann kann Guðrún bei uns übernachten, falls dieser Nichtsnutz …“

Sigríður fällt ihm ins Wort:

„Er ist weg.”

„Und die Kinder? Was ist, wenn sie zu Besuch kommen?”

„Die Kinder schlafen immer bei uns im Bett, und das darf ruhig so bleiben.”

„Aber wer will denn diese kleine Kammer mieten?”

„Zimmer zur Miete sind heiß umkämpft, wegen der vielen Arbeitskräfte, die Selvík überfluten.“

„Lohnt sich das denn überhaupt?”

„Es ist unglaublich, wie viel man für so ein kleines Zimmer bekommt. Auður aus der Hausnummer drei hat ihre Kinder ins Elternschlafzimmer verfrachtet, damit sie das Kinderzimmer vermieten kann.”

„Auður kriegt den Hals nicht voll.”

Sie unterhalten sich weiter darüber, während sie immer noch eng umschlungen dastehen. Doch Sigríður weiß, wie sie mit ihrem Mann umgehen muss. Sie löst sich von ihm und beginnt, den Tisch abzuräumen.

„Wahrscheinlich hast du recht, war ja nur eine Frage …"

Gísli sagt, er wolle keine fremden Leute im Haus haben, sie bräuchten kein Zimmer zu vermieten, zumal sie jetzt beide voll arbeiteten. Letztes Jahr oder in den Jahren davor sei das etwas anderes gewesen.

Sie pflichtet ihm voll und ganz bei, gibt aber zu bedenken, dass sie eine kleine Zusatzeinnahme durchaus gebrauchen könnten, um aus dem Schuldensumpf zu kommen.

„Denk einfach noch mal drüber nach", sagt sie beiläufig, nimmt die Spülbürste und beginnt mit dem Abwasch.

„Darüber muss ich nicht nachdenken, das ist ausdiskutiert." Er nimmt das Küchentuch und trocknet das Geschirr ab.

„Und wie läuft's so bei euch?", fragt sie nach einer kleinen Pause.

Gísli wird wieder gesprächig und sagt, sie müsse unbedingt mal vorbeikommen und sich alles anschauen. Das Gelände sei gigantisch, keine Quadratmeter, sondern Quadratkilometer! Da entstehe wahrlich keine kleine Klitsche.

Es muss ein großartiger Anblick sein, all die schweren Arbeitsmaschinen, Planierraupen, Bagger und Lkws! Und darüber erheben sich die Baukräne wie allmächtige Götter.

„Du musst kommen und es dir anschauen, selber spüren und hören, wie die Erde bebt und rumpelt!"

Er lacht zufrieden. Aber sie kann nicht weg, in der Kantine ist viel zu tun, sie sind viel zu wenige und schaffen es kaum.

„Warum stellen sie dann nicht mehr Leute ein?"

„Es gibt keine. Alle, die brauchbar sind, haben schon Arbeit. Das Angebot ist viel größer als die Nachfrage. Der Wohnungsmangel spielt dabei eine große Rolle. Die Leute kommen nicht zum Arbeiten hierher, wenn sie keine Wohnung finden. Als die Mieten so stark anstiegen, hörten in der Kantine viele auf und vermieteten stattdessen irgendwelche Zimmer. Damit kann man mehr verdienen, selbst wenn es nur ein Raum ist", erklärt sie ruhig.

Dann fügt sie noch hinzu, sie habe es längst aufgegeben, Margrét dazu zu überreden, einen Job in der Kantine anzunehmen. Sie habe sie gestern angerufen und gefragt, ob sie eine Schicht im Abwasch übernehmen könne.

„Aber sie meinte, sie muss in die Stadt."

STJARNA STEINS
TOD EINER WISSENSCHAFTLERIN

Mein Interesse an dem Fall wurde durch die Behauptung geweckt, ihr Tod habe keine verbrecherischen Ursachen. Der Fall wurde nie kriminalistisch untersucht, deshalb übernahm ich ihn.

Dabei hatte ich zu dem Zeitpunkt eigentlich entschieden, keine Bücher mehr zu schreiben, da mein letztes Buch schlechte Kritiken bekommen hatte und ich wegen ihm verklagt worden war. Einer meiner Informanten warf mir Vertrauensbruch vor, weil ich ihn im Buch so beschrieben hatte, dass er eindeutig zu identifizieren war. Ich verlor den Prozess und musste ihm eine horrende Entschädigung zahlen. Mir blieb nichts anderes übrig, als meine Wohnung zu verkaufen. Ich suchte etwas zur Miete, als ich von der Wohnung in Silicon-Bay erfuhr.

8. KRISTJÁN RICHTER

Als Margrét an der Tür des Geowissenschaftlichen Instituts ankommt, stellt sie fest, dass das Gebäude schon abgeschlossen ist. Sie schaut auf die Uhr, es ist schon sechs und die meisten haben ihren Arbeitstag beendet. Fast alle Parkplätze vor dem Haus sind frei. Am linken Türrahmen befindet sich eine Gegensprechanlage. Margrét drückt auf eine Taste, damit rechnend, dass sie ihren Namen sagen muss, aber es macht nur klick und die Tür geht auf. Sie betritt das Gebäude durch ein großes Foyer. Rechts steht eine Empfangstheke, die nicht besetzt ist, deshalb geht sie weiter zu einer Zwischentür. Als sie nach der Türklinke greifen will, klickt es wieder, und im selben Moment geht die Tür automatisch auf. Margrét zögert, unsicher, ob für sie oder für jemand anderen geöffnet wurde. Sie wirft einen Blick über die Schulter, sieht aber niemanden und geht weiter in einen langen Flur mit vielen Türen auf beiden Seiten. Er ist menschenleer, doch in dem Raum direkt gegenüber vom Eingang registriert sie eine Bewegung. Sie späht in den Raum und sieht einen Mann, der ihr den Rücken zukehrt und ein Regal mit Büchern und Zeitschriften durchstöbert. Er trägt keine Schuhe, seine Socken haben an beiden Fersen Löcher. Margrét räuspert sich und fragt nach der Putzfrau.

Der Mann hebt den Kopf. Er hat dichtes graumeliertes Haar und einen Vollbart.

„Was?“

Er wirkt geistesabwesend.

„Ist sie noch nicht da?“

„Wer?“

„Die Putzfrau.“

„Welche Putzfrau?“

„Die hier bei Ihnen putzt.“

„Ach, die! Bitte entschuldigen Sie meine Zerstreutheit.“

Dann verstummt er und starrt nachdenklich vor sich hin, bis Margrét sich noch einmal räuspert. Er blickt sie an, als würde er sie erst jetzt richtig wahrnehmen.

„Hallo, ja, also, kann ich Ihnen behilflich sein?“

„Ich habe nach Sóla gefragt.“

„Ach so, Sóla!“

„Ist sie noch nicht da?“

„Wie spät ist es?“

„Kurz vor sieben“, antwortet Margrét. Plötzlich spürt sie etwas, das von innen zu kommen scheint, wie ein Strom, der ihren Kopf ausfüllt und hinten an ihrem Hals hinunterläuft, gleich einem Rinnsal, einem warmen Blutrinnsal. Sie fasst sich an den Hinterkopf und betastet ihren Hals, entdeckt kein Blut, aber das Rinnsal fließt weiter, in ihre Brusthöhle hinein. Sie zuckt zusammen … fällt sie gleich in Ohnmacht? Sie greift nach der Tischkante und will den Mann fragen, ob sie sich einen Moment setzen kann, doch da sagt er ihr, dass Sóla normalerweise um diese Zeit komme, sie solle doch einfach vorne auf dem Sofa Platz nehmen, von dort könne sie Sóla mit dem Putzwagen hereinkommen sehen. Er berührt sie freundlich an der Schulter, begleitet sie in den Flur und zeigt ihr das Sofa. Margrét ist froh, als sie sich hinsetzen kann. Bekommt sie einen Schlaganfall? So wie Jóhann? Er überlebte den ersten Schlaganfall und starb nach dem zehnten. Er brauchte zehn Schlaganfälle, um zu sterben, obwohl er jeden Tag darum bettelte, nicht länger leben zu müssen. Als er nach dem fünften oder sechsten Schlaganfall aus dem Krankenhaus entlassen wurde, weil man nichts anderes mehr tun konnte, als ihn zu Hause zu betreuen, und er nicht mehr sprechen konnte, da kommunizierte er mit den Augen. Seine Augen schrien Margrét in bodenloser Panik an: „Hilf mir!"

Die Anzeichen bei seinem ersten Schlaganfall waren eine plötzliche Taubheit in einem Arm und einem Bein. Margréts Beine fühlen sich beide jedoch höchstens kraftlos an. Dann konnte er sich nicht mehr richtig artikulieren und hatte Schwierigkeiten, Wörter mit s auszusprechen. Margrét sagt leise den alten Kinderreim auf: „Sonne, Sonne, komm und schein; Regenschauer lass es sein ..." Zuerst hört sie ihre eigene Stimme nicht, deshalb wiederholt sie den Reim etwas lauter, aber alles klingt ganz normal. Höchstwahrscheinlich doch kein Schlaganfall. Sie ist erleichtert, im selben Moment verschwinden die Symptome.

Im Büro des zerstreuten Mannes klingelt das Telefon. Er geht ran und spricht so laut, dass Margrét jedes Wort verstehen kann. Er fragt nach Unterlagen von Agnes, er könne sie nicht finden, obwohl er schon überall danach gesucht habe.

Dann endlich taucht Sóla mit dem Putzwagen auf. Als sie Margrét auf dem Sofa sitzen sieht, ist sie total perplex.

„Was machst du denn hier? Schön, dich zu sehen. Wartest du auf jemanden?“

„Ja, auf dich“, antwortet Margrét und steht auf, „ich war gerade in der Nähe und dachte, ich schaue mal vorbei.“

Sóla ist erfreut und verwundert und sagt, sie sei es nicht gewohnt, auf der Arbeit Besuch zu bekommen. Margrét möchte sie nicht aufhalten, aber es sei so nett gewesen, sie nach all den Jahren zufällig bei der Beerdigung wiederzutreffen. Sóla versichert Margrét, sie halte sie nicht auf, und schlägt vor, sie könne ihr bei der Arbeit Gesellschaft leisten. Das sei kein Problem, die meisten Angestellten seien schon weg.

„Der nicht“, sagt Margrét und nickt zu dem Büro des Mannes, der immer noch telefoniert.

„Ach, Kristján. Kristján Richter, das ist der Direktor.“

Sóla strahlt über das ganze Gesicht und ihre Stimme wird weich, als sie über Kristján redet. Der gehe immer als Letzter nach Hause, jedenfalls seit Agnes tot sei, vorher sei Agnes immer die Letzte gewesen. Sie habe meistens noch gearbeitet, wenn Sóla schon mit Putzen fertig gewesen sei. Sóla schwärmt weiter von Kristján, diesem wundervollen Mann, der alle gleich behandele, immer Zeit für ein Schwätzchen habe, egal ob mit einer Putzfrau oder einem hochgebildeten Wissenschaftler. Dann marschiert sie los, den Wagen vor sich herschiebend.

„Ich bin ruck zuck fertig, ich putze nur diese Etage und das Treppenhaus nach unten. Früher hatte ich das ganze Gebäude, bevor die Polen kamen und uns die Arbeit wegnahmen."

Die Frauen gehen durch den Flur. Sóla beginnt mit dem hintersten Büro und arbeitet sich dann nach vorne durch, staubt Tische und Regale ab, gibt Margrét den Papierkorb, damit sie ihn in die schwarze Mülltüte ausleert, die an dem Rollwagen befestigt ist. Als Letztes wischt sie den Boden. Man erkennt sofort, dass Sóla schon lange hier arbeitet. Mechanisch fertigt sie einen Raum nach dem anderen ab.

Dann sind sie wieder bei der Sofaecke angelangt, wo Margrét auf Sóla gewartet hatte. Daneben befinden sich nur noch ein Raum mit geschlossener Tür und Kristjáns Büro. Er telefoniert nicht mehr – ob er nach Hause gegangen ist?

„Musst du dieses Büro nicht putzen?", fragt Margrét, als Sóla an dem geschlossenen Raum vorbeigeht.

„Das ist Agnes' Büro, das wurde seit ihrem Tod nicht mehr benutzt, das muss nicht geputzt werden."

Margrét drückt die Klinke nach unten. Die Tür ist abgeschlossen. Sie fragt Sóla, ob sie einen Blick hineinwerfen dürfe, sie würde gern das Büro sehen, in dem ihre Nichte so viel Zeit verbrachte. Ihre Bitte verfehlt nicht die beabsichtigte Wirkung. Sóla bleibt abrupt stehen.

„Ach, Magga! Natürlich, sie war doch deine Nichte! Klar darfst du ihr Büro anschauen."

Sóla nimmt einen Schlüssel aus ihrer Kitteltasche

und sagt, Agnes habe ihr Büro immer abgeschlossen, das würden andere nur manchmal machen und einige nie.

Sie betreten den Raum, der sehr ordentlich ist, ganz anders als die anderen Büros, in denen verstreut Bücher und Papiere lagen. Hier steht alles penibel im Regal, und der Schreibtisch ist leer, bis auf einen glänzenden schwarzen Computer.

„Schadet ja nichts, mal kurz drüberzugehen", sagt Sóla und wirbelt mit dem Staubwedel über die freien Flächen. „Das ist mein Lieblingsbüro. Hier muss man fast nie was machen, nur den Mülleimer leeren."

Plötzlich steht Kristján im Türrahmen und fragt Sóla, ob sie auf eine Kiste gestoßen sei.

„Was für eine Kiste?"

„Eine Kiste mit Berichten, die kamen aus der Druckerei."

Sóla überlegt einen Moment.

„Mit blauen Büchern?"

„Ja, genau, sie waren blau. Es sind eher Hefte als Bücher. Wo ist die Kiste denn?"

„Die hab ich entsorgt."

„Sie haben die Kiste in den Müll geworfen?"

Er starrt sie entsetzt an.

„Nicht in den Müll, in den großen Schredder", beeilt sich Sóla zu sagen.

„In den Schredder! Um Himmels Willen, nein!"

Er fasst sich an den Kopf.

„Also, nicht die Kiste, sondern den Inhalt. Die Kiste steht wahrscheinlich noch im Schredderraum."

Sóla will weitereilen, doch Kristján hält sie auf und sagt, die Kiste interessiere ihn nicht, es gehe um die Hefte, er brauche diese Berichte.

„Aber Agnes meinte, ich soll sie entsorgen, sie wären nicht mehr aktuell", erwidert Sóla, den Tränen nah. „Das tut mir furchtbar leid, Kristján."

Kristján erschrickt, als er sieht, dass sie kurz davor ist, in Tränen auszubrechen. Er geht zu ihr, legt ihr den Arm um die Schultern und entschuldigt sich, dass er so barsch war, es sei nicht ihre Schuld, dass die Berichte im Schredder gelandet sind. Sie habe ja nur getan, worum man sie gebeten habe.

„Machen Sie sich keine Gedanken über diese Berichte. Es reicht schon, wenn ich das tue."

Dann ist er weg, ohne Margrét wahrzunehmen, die am Schreibtisch der verstorbenen Agnes sitzt und abwartet, bis der Schwindelanfall vorübergeht, oder was auch immer es ist, das sie schon wieder überkommt. Als sie dem Mann hinterherblickt, fällt ihr auf, dass er beim Gehen den rechten Fuß nach außen dreht und nicht nur löchrige Socken anhat, sondern dass ihm auch das Hemd hinten aus der Hose hängt.

Sóla tupft sich mit einem Taschentuch die Augen ab, schaut zu Margrét und sagt:

„Kristján ist wirklich wundervoll. Er entschuldigt sich sogar bei einer Putzfrau, weil sie wichtige Berichte weggeworfen hat!"

Sie schaut auf die Uhr und stellt fest, dass es schon ziemlich spät ist. Hastig sagt sie, sie müsse längst zu

Hause sein, um für Jóhann das Abendessen zu machen. Dann zuckt sie beschämt zusammen, weil sie für einen Augenblick vergessen hat, dass ihr Mann tot ist. Margrét tröstet sie und sagt, es sei nicht ungewöhnlich, dass Ehepaare, die fast ihr ganzes Leben miteinander verbracht haben, kurz nach dem Tod des Partners schon mal dessen Tod vergessen würden. Es passiere ihr selbst hin und wieder, dass sie nach ihrem Jóhann rufe und sich dann erinnere, dass er gar nicht mehr da sei.

„Dann haben wir das auch noch gemeinsam", sagt Sóla lächelnd.

Aber das stimmt nicht, Margrét hat es nur gesagt, um Sóla aufzumuntern. In Wahrheit hat sie noch keine einzige Sekunde vergessen, dass Jóhann tot ist. Sein Tod verfolgt sie auf Schritt und Tritt, Tag und Nacht.

„Jetzt sind wir gleich fertig", sagt Sóla und wringt den Lappen aus, „nur noch der Flur und die Kellertreppe." Margrét bietet an, ihr zu helfen, sie könne die Treppe übernehmen, während Sóla den Flur wischt.

„Wenn du unbedingt deine Hände nass machen willst, kannst du gerne die Treppe putzen."

Sóla gibt ihr einen Eimer und einen Wischmopp und erklärt ihr, sie müsse die Stufen nur kurz mit einem feuchten Lappen abwischen.

Margrét braucht nicht lange, sie tunkt den Wischmopp in den Eimer und macht jede Stufe ordentlich nass – wenn schon, dann richtig. Als sie unten angelangt ist, stellt sie fest, dass sie sich beeilen muss, wenn sie den letzten Bus nach Selvík erwischen will. Sie geht rauf, verabschiedet sich von Sóla und eilt aus dem Gebäude. Deshalb bekommt sie nicht mehr mit, wie die arme Sóla auf der klatschnassen drittobersten Treppenstufe ausrutscht, sich mehrmals überschlägt und schließlich auf dem harten Kellerboden landet.

STJARNA STEINS
TOD EINER WISSENSCHAFTLERIN

Wer war sie, diese Geowissenschaftlerin? Als Erstes mache ich mich immer mit dem Alltag meiner Protagonisten vertraut: Familie, Freunde, Hobbys. In diesem Fall war jedoch nicht viel zu finden. Je mehr ich versuchte, mich der Frau anzunähern, desto fremder wurde sie mir.

Im Internet fand ich einiges über ihre Arbeit und ihre Veröffentlichungen. Sie hatte einen Doktortitel in Geowissenschaften an einer der renommiertesten Universitäten der Welt. Nur eine isländische Tageszeitung berichtete über ihre Doktorarbeit. Nachdem ich sie gelesen hatte, war ich nicht viel schlauer – weder was die Verfasserin noch was die Dissertation betrifft. Sie hatte eine Vielzahl von Artikeln in wissenschaftlichen Fachzeitschriften veröffentlicht, aber ich fand nichts Persönliches.

Es erschienen nur zwei Nachrufe. Ein sehr kurzer, miserabel geschriebener von einer Freundin, in dem stand, dass sie bei ihrem Tod zweiunddreißig Jahre alt war, alleinstehend, zurückgezogen gelebt habe, aber sehr fleißig gewesen sei, sie habe viel gearbeitet, sogar an Weihnachten. Der andere Nachruf stammte von ihrem Chef im Institut. Bei diesem handelte es sich eher um einen wissenschaftlichen Artikel als um einen Nachruf, es ging fast ausschließlich um Erdbeben, ob man sie vorhersagen und vor ihnen warnen kann. Kein Wort über die Frau selbst, nur dass die wissenschaftliche Welt durch ihren Tod einen herben Verlust erlitten habe.

Ich war bei der Beerdigung, belauschte Gespräche und stellte Fragen. Es waren nicht viele Leute dort, und diejenigen, mit denen ich mich unterhielt, schienen sie nicht besonders gut gekannt zu haben. Die meisten sagten, sie seien nur Arbeitskollegen, und ein paar Ältere meinten, sie hätten ihre Mutter oder ihren Vater gekannt. Das Gefühl von Einsamkeit war bei der Beerdigung nahezu greifbar. Als hätte die Frau kein irdisches Leben geführt.

9. DER PERSERTEPPICH UND DER BRAUNE PULLOVER

Seit langem zündet Sigríður den Kamin nur noch an, wenn sie das Haus aufräumt. Dann verbrennt sie alles, was sich in der Zwischenzeit im Brennholzkorb angesammelt hat, und genau das tut sie gerade. Sie hat den Flur gestaubsaugt, zieht den Staubsauer hinter sich her ins Wohnzimmer und beginnt mit dem Teppich.

Da klingelt es an der Tür. Sigríður hört es nicht, weil sie voll und ganz mit dem Teppich beschäftigt ist, der schon fadenscheinig wird. Das war ihr bisher noch gar nicht aufgefallen. Wobei man natürlich damit rechnen muss, dass ein so alter Teppich irgendwann verschlissen ist. Sie versucht sich zu erinnern, wie lange sie ihn schon hat. Als es ihr wieder einfällt, ist es ihr peinlich, dass sie überhaupt darüber nachdenken musste. Was ist denn los mit mir, denkt sie, natürlich weiß ich das noch! Diesen Tag wird sie nie vergessen, den Tag, als Gísli vor siebenunddreißig Jahren von seiner letzten Seefahrt zurückkam. Falls es einmal dazu kommen sollte, dass sie diesen Tag vergisst, dann ist ihr Leben vorbei. Sie weiß zwar nicht mehr, wie das Wetter damals war, aber das spielt auch keine Rolle. Denn sie weiß noch, dass sie Gísli so gut wie abgeschrieben hatte. Es war über ein Jahr her, seit sie ihn das letzte Mal gesehen hatte, an dem Tag, als sie nackt unter dem Wasserfall badeten, sich gegenseitig abtrockneten und die Ringe tauschten. Sue brachte ihn zum Schiff, sie küssten sich auf dem Kai, dann sprang er an Bord, stand an Deck und winkte ihr, sie winkte zurück, und sie winkten, bis das Schiff aus ihrem Blickfeld verschwunden war. Ihre Eltern waren begeistert, dass ihre einzige Tochter eben den jungen Mann heiraten würde, den sich alle Eltern in Selvík als Schwiegersohn wünschten. Sie überließen ihrer Tochter sofort das Haus und zogen in eine kleinere Wohnung, damit sie ihrem Liebsten ein schönes Zuhause einrichten konnte, während sie auf ihn wartete. Doch die Wartezeit wurde wesentlich länger als geplant, bis er urplötzlich mit der Teppichrolle im Arm auf der Treppe stand. Sie brachten beide kein Wort heraus, starrten einander nur an.

„Ich bin zurück, ich fahre nicht mehr zur See", sagte er, als er endlich die Sprache wiedergefunden hatte. Ohne ihre Reaktion abzuwarten, schob er sie mit der Teppichrolle zur Seite und stürmte ins Haus. Sie wäre fast hingefallen und konnte sich gerade noch am Türrahmen festhalten. Er rannte sofort ins Wohnzimmer und rollte den Teppich aus, genau an der Stelle, wo er heute noch liegt.

Nein, diesen Tag wird sie niemals vergessen.

Nachdem er den Teppich ausgerollt hatte, trat er in das kreisförmige Ornament in die Mitte, kniete sich hin und faltete die Hände:

„Willst du mich heiraten?"

Obwohl Sigríður noch nie in ihrem Leben einen so schönen Teppich gesehen hatte, machten seine sanften Worte und der Klang seiner Stimme den weit größeren

Eindruck auf sie. Sie brauchte nicht zu überlegen und sagte sofort ja.

„Das ist ein echter Perserteppich, der war richtig teuer“, erklärte Gísli und breitete die Arme aus. Sigríður warf sich so ungestüm in seine Arme, dass sie beide auf den Teppich purzelten. Nachdem sie sich endlich wieder hochgerappelt hatten, spazierten sie Hand in Hand zum Pfarrer und ließen sich trauen.

Neun Monate später wurde Kalli geboren.

Viel später meinte jemand, der Ahnung von Teppichen hatte, das sei gar kein echter, sondern ein billiges Imitat. Doch dadurch verlor der Teppich in Sigríðurs Augen nicht an Wert, und Gísli auch nicht.

Wieder klingelt es an der Tür. Diesmal hört sie es, schaltet den Staubsauger aus und geht hin.

„Es war abgeschlossen", sagt Margrét, als sie ins Haus kommt. Sie trägt den hässlichen braunen Pullover, den sie in letzter Zeit dauernd anhat. Sigríður kann ihn nicht ausstehen.

„Ich hab gestaubsaugt und die Klingel nicht gehört.“

Margrét zieht den Pullover aus und hängt ihn auf einen Bügel an die Garderobe. Sigríður zeigt zur Küche und geht selbst ins Wohnzimmer, um den Staubsauger wegzuräumen. Dann leert sie den Brennholzkorb im Kamin aus. Sie muss an Jóhann denken – was er wohl von dem Pullover gehalten hätte? Er war zwar schon sehr krank, als Margrét den Pulli das erste Mal anhatte, aber nicht blind. Margréts Kleidungsstil war ihm keineswegs egal. Sigríður bekam öfter mit, dass er etwas an ihrer Kleidung auszusetzen hatte: „Wenn du die Bluse anziehen willst, kannst du nicht diese Hose dazu tragen, Schatz.“ Oder: „Du gehst doch wohl nicht in Gummistiefeln Beeren pflücken!“ Er selbst war stets perfekt gekleidet, nie zu auffällig, immer schick. Er konnte alles tragen und hielt sich fit, indem er täglich ein paar Runden durch den Park joggte.

Sigríður arbeitete zu der Zeit, als er Direktor war, in der Bank, bis sie pleite ging. Damals machten die Angestellten mittwochs nach der Arbeit immer eine längere Wanderung. Jóhanns Outdoorkleidung stach natürlich heraus. Man hätte sie nicht unbedingt als *am schicksten* bezeichnen können, eher als *genau richtig* oder *angemessen*. So war auch Jóhann selbst. Er machte alles richtig, alles angemessen. Er war ein guter Mann, ein liebenswürdiger Mensch. Deshalb war es so ungerecht und schrecklich, dass er krank wurde und zwei Jahre mehr tot als lebendig im Bett lag. Menschen wie er machen die Welt zu einem besseren Ort. Man sollte ihnen ein Denkmal setzen, als Vorbild für andere. Vielleicht kann Sigríður den braunen Pullover deswegen nicht ausstehen. Sie findet, dass Margrét Jóhanns Andenken beschmutzt, indem sie dieses hässliche Teil trägt.

„Hier riecht's verbrannt“, sagt Margrét, als Sigríður in die Küche kommt.

„Ach, keine Sorge, ich verbrenne nur Abfall im Kamin.“

Dann erzählt sie, Gísli habe den Kamin gebaut, als

Kalli geboren wurde, damit sie beim Stillen vor dem Feuer sitzen konnte.

„Wollten wir nicht einen Spaziergang machen und uns die Naturverschandelung angucken, über die alle reden?“, fragt Margrét. Das hatte Sigríður ganz vergessen. Sie sagt, sie habe den ganzen Tag geputzt, weil die neue Mieterin jeden Moment eintreffen könne.

„Die Mieterin?“, fragt Margrét erstaunt.

„Sie heißt Sigurlína und hat für ein Jahr im Voraus bezahlt. Wenn man ein Zimmer vermietet, muss man das Haus abschließen können“, sagt sie mehr zu sich selbst.

„Wo soll sie denn wohnen?“

„In Kallis Zimmer.“

„In Kallis Zimmer! Aber wo willst du denn dann ...?“

„Ich habe einen anderen Platz gefunden.“

„Das ist ein Schritt in die richtige Richtung ...“, setzt Margrét an, aber Sigríður bremst sie und fragt zurück, ob sie nicht schon mal darüber nachgedacht hätte, auch in ihrem Haus Zimmer zu vermieten. Margrét schüttelt den Kopf, dabei findet Sigríður die Idee super, sie wohne doch jetzt allein in dem großen Haus mit den vielen Zimmern, und es werde dringend Wohnraum gesucht, sie habe ja auch noch die große Garage.

„Alle, die Garagen haben, sind gerade vollauf damit beschäftigt, sie in Wohnraum umzuwandeln. Wenn das Dach aufgesetzt wird, kommen ein paar Hundert Chinesen.“

„Interessiert mich nicht."

„Die Chinesen?"

„Nein, mein Haus zu vermieten."

„Dann hättest du was zu tun. Du könntest eine Pension eröffnen, Frühstück und so was anbieten. Warum denn nicht, Magga?"

„Dafür habe ich keine Zeit."

„Kein Zeit!"

Margrét steht auf und sagt, wenn sie noch spazierengehen wollten, müssten sie sich beeilen, es werde bald dunkel.

„Du weißt, dass du jederzeit zu uns in die Kantine kommen kannst, wenn du Arbeit brauchst."

Sie stehen in der Diele, und Margrét durchsucht die Garderobe.

„Wo ist mein Pulli?"

„Welcher Pulli?"

„Der braune Pullover von Jóhann."

„Von Jóhann?" Sigríður zuckt zusammen.

„Dieser Pullover hat eine Geschichte", sagt Margrét. „Er ist ein Museumsstück."

Jóhanns Mutter strickte den Pullover und schenkte ihn ihrem Sohn, als sie nach Amerika zogen. Sie war bekannt für ihre Strickkünste, besonders für ihre rostbraunen Wollpullover, die heute wertvolle Stücke sind. Jóhann nannte ihn den „Drinnenpulli" und trug ihn immer im Winter, als sie in Amerika lebten. Er mochte den Pullover sehr. Auch wenn er ihn in Island nie anzog, wollte er ihn nicht wegschmeißen, sondern sprach oft davon, ihn unter Glas einrahmen zu lassen und dem Handstrickverband zu vermachen. Da würde er einen Ehrenplatz bekommen und die Erinnerung an seine Mutter hochhalten. Doch Jóhann erkrankte, bevor er die Sache in die Wege leiten konnte, und bat Margrét, sich darum zu kümmern. Den Wunsch eines Sterbenden muss man erfüllen. Sie versuchte es einmal, aber da hatte die einzige Rahmenwerkstatt in Selvík gerade Konkurs angemeldet. Kürzlich hat sie jedoch gehört, sie hätte wieder aufgemacht.

Margrét schiebt jedes einzelne Kleidungsstück an der Garderobe zur Seite, aber der Pullover hat sich nirgendwo versteckt.

„Das verstehe ich nicht, ich bin mir sicher, dass ich ihn hierhin gehängt habe."

„Ich leihe dir eine Daunenjacke", sagt Sigríður, „es ist kalt geworden, und wir müssen uns beeilen."

10. WIE EIN FELS IN DER BRANDUNG

Die Frau am Empfang lächelt Margrét an, als sie hereinkommt.

„Kann ich Ihnen behilflich sein?", fragt sie immer noch lächelnd.

Margrét will wissen, wer für die Personaleinstellungen zuständig sei. Die Frau antwortet, das sei die Personalleiterin, aber die habe eine kleine Operation hinter sich und komme erst Anfang nächster Woche wieder. Dann fragt sie Margrét, ob sie einen Termin hätte. Margrét gerät ins Stocken, doch bevor sie antworten kann, stellt die Frau eine weitere Frage:

„Kommen Sie wegen der Annonce?"

Margrét weiß nichts von einer Annonce und überlegt fieberhaft – sie suchen bestimmt eine Vertretung für die Putzstelle.

„Äh, ja, genau, ich komme wegen der Annonce."

„Aber wenn Sie keinen Termin haben …"

Die Frau möchte noch etwas hinzufügen, doch da geht die Tür auf, und im selben Moment zieht sich ein breites Lächeln über ihr errötendes Gesicht.

Margrét dreht sich um und sieht Kristján Richter. Diese Gelegenheit darf sie sich nicht entgehen lassen. Sie eilt auf ihn zu und platzt heraus, ohne ihn vorher zu begrüßen, sie sei wegen der Anzeige da, die Personalleiterin sei krank, aber sie wohne außerhalb und habe Besseres zu tun, als umsonst in die Stadt zu fahren.

Die Frau am Empfang klopft gegen die Glasscheibe und versucht, Kristjáns Aufmerksamkeit auf sich zu ziehen.

„Ich habe einen Termin", beeilt sich Margrét zu sagen.

Die Frau klopft lauter.

Kristján ist ganz durcheinander angesichts dieses Ansturms von zwei Seiten, blickt von der einen Frau zur anderen und bittet Margrét schließlich, ihm zu folgen.

„Das gehört zwar nicht zu meinen Aufgaben, aber wenn Sie schon mal da sind, können wir uns gerne unterhalten."

Kristján geleitet sie zu seinem Büro direkt gegenüber vom Eingang und lässt ihr höflich den Vortritt. Er betritt hinter ihr den Raum, setzt sich an den Schreibtisch und zieht sich die Schuhe aus. Margrét bemerkt sofort, dass er nicht dieselben Socken trägt wie beim letzten Mal, dass aber auch diese Löcher haben. Er bittet sie, sich zu setzen, und zeigt auf einen Stuhl mit einem Stapel Zeitungen und Zeitschriften. Zwischen den Papieren lugt ein blaues Herrenhemd hervor, das so ähnlich aussieht wie Jóhanns Hemden. Dasselbe Blau. Ob es wirklich das gleiche Hemd ist wie Jóhanns könnte sie nur feststellen, indem sie es in die Hand nähme, aber das darf sie sich nicht erlauben, erst muss sie den Job kriegen. Sie kann sich aber auch nicht auf den Papierstapel setzen, das fände sie unangebracht bei einem Bewerbungsgespräch, auch wenn sie noch nie im Leben eins hatte. Stattdessen geht sie zum Fenster und lehnt sich an die Fensterbank, die ebenfalls mit Papieren und Büchern beladen ist. Der Schreibtisch ist genauso unordentlich. Irgendwo unter dem ganzen Krempel klingelt ein Telefon.

Kristján reagiert sofort, kann das Telefon aber nicht finden. Er hebt Unterlagen hoch und tastet auf dem Schreibtisch herum. Margrét zeigt auf eine Stelle, von der sie meint, das Klingeln zu hören. Ihre Ahnung entpuppt sich als richtig, doch als Kristján den Apparat endlich gefunden hat, hört das Klingeln auf. Er schaut zu Margrét und mustert sie nachdenklich, als versuche er, sich an sie zu erinnern.

„Sagen Sie, haben wir uns nicht schon mal getroffen?“

Margrét klärt ihn auf, dass sie sich vor einigen Tagen hier im Institut getroffen haben, an dem Tag, als Sóla die Treppe hinunterfiel und sich das Bein brach.

„Stimmt genau, stimmt genau“, sagt Kristján und entschuldigt sich dafür, dass er sie nicht sofort wiedererkannt hat, er habe in letzter Zeit Schwierigkeiten, sich an Gesichter zu erinnern. Als Kind habe er sogar die Schafe seines Onkels auseinanderhalten können und alle beim Namen gekannt.

„Aber ich bin kein Schaf“, versucht Margrét zu scherzen, wird aber plötzlich ganz verlegen. Kristján missinterpretiert ihren Gesichtsausdruck und erwidert schnell, natürlich sei sie kein Schaf, so habe er das nicht gemeint.

„Wie heißen Sie eigentlich? Ich glaube, ich kenne Ihren Namen noch nicht.“

„Margrét Guðmundsdóttir”, antwortet sie ruhig.

„Sie sind also wegen der Annonce hier.“

Er wiederholt noch einmal, es gehöre nicht zu seinen Aufgaben, Bewerbungsgespräche zu führen. Normalerweise führten die Fachbereichsleiter die Gespräche und träfen eine Vorauswahl. Dann betont er noch einmal, was in der Annonce steht, dass es sich um eine mehrwöchige Vertretung handelt, um die Zeit bis zum Ende der Bewerbungsfrist zu überbrücken. Danach würden die Bewerbungen gesichtet und der Einstellungsprozess nehme seinen gewohnten Gang.

„Ist Ihnen das klar?“

Sie nickt und wundert sich, warum so viel Wirbel

veranstaltet wird, um eine Vertretung fürs Putzen einzustellen.

„Aber bewerben Sie sich gern auf die Stelle, oder haben Sie das schon gemacht?"

Margrét nickt, beziehungsweise hat noch gar nicht aufgehört zu nicken, seit er anfing zu reden.

„Wo haben Sie gearbeitet? Haben Sie Ihre Unterlagen dabei?"

„Unterlagen?"

„Ihren Lebenslauf und so weiter."

„Ach so", sagt sie und überlegt fieberhaft, doch er spricht bereits weiter.

„Oder die Namen Ihrer bisherigen Arbeitgeber."

„Ich habe meistens selbstständig gearbeitet."

Er verstummt und schaut sie an.

„Ach, Sie sind DIE Margrét!"

Er entschuldigt sich dafür, dass ihm nicht sofort klar war, wer sie sei, er hätte gehört, dass sie sich derzeit in Island aufhalte und es wäre natürlich ein Gewinn, sie am Institut zu haben, allerdings hätten sie in den letzten Wochen viel Stress …

„Ja, davon habe ich gehört", wirft Margrét ein.

Er lehnt sich auf seinem Stuhl zurück und schaut sie an.

„Sagen Sie, Margrét, womit waren Sie denn in letzter Zeit hauptsächlich beschäftigt?"

„Verschiedenes, in den letzten Monaten haben mich die Krankheit und der Tod meines Mannes viel Zeit und Kraft gekostet."

„Ich meinte fachlich, ich habe gelesen, was Sie über …“ Er verstummt abrupt. „Wie bitte? Was haben Sie gesagt? Äh, ich auch!“

„Sie auch?“

„Verzeihung.“ Er räuspert sich. „Ich bin es, wie gesagt, nicht gewohnt, Bewerbungsgespräche zu führen. Eigentlich wollte ich sagen, also … meine Frau …“

Margrét schaut ihn verständnislos an.

„Ich wollte sagen, meine Frau ist auch vor Kurzem gestorben.“

„Mein Beileid.“

„Meins auch, äh, ich meine, mein Beileid für Ihren Verlust.“

„Vielen Dank.“

Es wird still. Beide scheinen darauf zu warten, dass der andere etwas sagt.

„Wohnen Sie hier in der Stadt?“, fragt er schließlich.

„Nein, ich wohne in Selvík.“

„In Selvík!“ Er ist ganz begeistert und erzählt ihr alles Mögliche, das sie schon weiß, weil sie nun mal aus Selvík stammt: dass es einer der schönsten Orte in ganz Island sei, das Kap Klettahöfði und die Ebene davor, so flach, denn bevor das Land anstieg, sei dort Meeresgrund gewesen. Doch dann kam das Militär. Er verstummt. Margrét wartet darauf, dass er weiterspricht, aber er tut es nicht.

„Aber das ist weg“, entgegnet sie.

„Wer?“

„Das Militär.“

„Ja, die sind abgezogen, und jetzt soll an der Stelle, wo die Militärbasis war, ein Siliziumwerk gebaut werden."

Er erzählt ihr, am Anfang habe ihm die Lage nicht gefallen, so nah an einem bekannten Erdbebengebiet mit den stärksten Erschütterungen im ganzen Land, auch wenn es, soweit man wisse, nie ein Beben direkt auf der Landspitze gegeben habe.

„Und damit wären wir beim Kern der Sache: Agnes' Arbeit. Ich hatte sie gebeten, das Erdbebengutachten zu schreiben, weil ich nicht so belastbar war, wegen meiner Frau."

Margrét nickt mitfühlend und versucht einzuwerfen, dass es sich wohl um ein Missverständnis handelt. Aber er lässt ihr keine Chance und spricht einfach weiter: „Sie hat Messgeräte installiert und sie über ein Jahr lang rund um die Uhr überwacht. Das Ergebnis war, dass es keine seismische Aktivität gibt, es wurden keine Risse gefunden. Bei Klettahöfði scheint es sich um ein Naturphänomen zu handeln, das erst kürzlich entdeckt wurde: eine Nanoplatte, ein einzelner Felsen auf einem Untergrund, der weder mit der umliegenden Erdkruste verbunden ist noch mit den tektonischen Platten, die in ständiger Bewegung sind … sehr interessant", fügt er nachdenklich hinzu. „Was halten Sie von diesem Phänomen, einem einzelnen Felsen, der sich nicht bewegt, obwohl es um ihn herum gewaltig bebt?"

„Wie ein Fels in der Brandung."

„Genau, wie ein Fels in der Brandung! Das ist der

beste Vergleich, den ich bisher gehört habe. Die Platten sind wie das Meer, und wie heftig das Meer auch tost, der Fels rührt sich nicht. Solche Leute wie Sie brauchen wir hier im Institut, Leute, die Klartext reden!"

„Und die sich nicht aus der Ruhe bringen lassen, wie heftig das Chaos um sie herum auch tobt."

Er steht auf und reicht ihr die Hand.

„Wann können Sie anfangen?"

„Sofort."

STJARNA STEINS
TOD EINER WISSENSCHAFTLERIN

Ich frischte meinen Lippenstift auf, zog die Kapuze auf und ging dann in das Gebäude, geradewegs zu der Dame am Empfang.

„Kann ich Ihnen helfen?“, fragte sie ziemlich mürrisch.

Ich gab ihr meine Visitenkarte.

„Stjarna Steins”, las sie und drehte die Karte neugierig hin und her.

„Ich bin Privatdetektivin. Ich sammle Informationen über die Geowissenschaftlerin, die hier arbeitete. Können Sie mir jemanden vermitteln, der …“

„Es ist an der Zeit, dass mich mal jemand fragt“, warf die Frau großspurig ein. „Wenn hier jemand mitkriegt, wer wann kommt und geht, dann ich.“

Die angestaute Enttäuschung, weil sie noch keiner gefragt hatte, brach aus ihr heraus. Sie sagte, es sei schließlich ihr Job, in diesem Glaskasten zu sitzen und Auskünfte zu geben.

„Und wenn dann endlich mal was passiert, fragt mich kein Mensch! Ich habe gewissenhaft alles beobachtet und notiert.“

Als ich sie daraufhin fragte, wann die Vermutung aufgekommen sei, dass an der Sache etwas faul ist, sprudelte es aus ihr heraus. Sie berichtete differenziert und genau, mit Nachdruck und Überzeugung, wie eine erfahrene Juristin:

„Am Montag, den 14. September, erschien die Geowissenschaftlerin nicht zur Arbeit und hatte keine Nachricht hinterlassen, wo sie war und wann sie käme. Das sah ihr gar nicht ähnlich, und als sie sich am nächsten Tag auch nicht meldete, waren ihre Kollegen beunruhigt. Am Montagmorgen hatten sie schon versucht, sie anzurufen, aber da war ihr Handy ausgeschaltet. Sie probierten den ganzen Tag vergeblich, sie zu erreichen. Gegen neun Uhr am Dienstagmorgen wurden zwei Mitarbeiter zu ihr nach Hause geschickt.

Als sie den Wohnblock betraten, fiel ihnen sofort auf, dass die Wochenendzeitung noch im Briefkasten steckte. Sie betätigten unten die Türklingel, aber es reagierte niemand, und auch nicht, als sie im dritten Stock an die Wohnungstür klopften. Nachbarn, die sie befragten, meinten, die Wissenschaftlerin sei am Samstagnachmittag nicht bei der Hausversammlung erschienen. Erst dann wurde die Polizei eingeschaltet, die als erstes die Wohnung aufbrach. Nachdem man sich davon überzeugt hatte, dass die Frau nicht zu Hause war und ihr Auto nicht vor dem Haus stand, wurde eine Suchanzeige aufgegeben. Wer etwas über ihren Verbleib wusste, sollte sich umgehend bei der Polizei melden. Daraufhin meldeten sich zwei Einwohnerinnen von Silicon Bay."

Ich bedankte mich bei der Frau hinter der Glasscheibe für die ausführliche Schilderung, brachte die Namen der zwei Einwohnerinnen in Erfahrung und verabredete mich mit ihnen. Die Jüngere arbeitet an der Tankstelle am Ortsrand. Sie berichtete mir, die Wissenschaftlerin habe an dem Samstagmorgen bei ihr getankt. Mehr wusste sie nicht.

Die Ältere wohnt in einem kleinen Haus in der Nähe der Gemeindeverwaltung. Sie erinnerte sich an ein Auto desselben Fabrikats und derselben Farbe wie das, wonach gesucht wurde: Ein roter Jeep, der den ganzen Tag vor der Gemeindeverwaltung gestanden hatte. Das schloss sie daraus, dass das Auto beide Male auf dem Parkplatz gestanden hatte, als sie mit dem Hund rausgegangen war – sie ging immer zweimal am Tag mit ihm Gassi, kurz vor dem Mittagessen und kurz vor dem Abendessen. Sie war sich ganz sicher, dass es sich um denselben Wagen handelte, denn es standen nicht viele Autos auf dem Parkplatz, weil Samstag war. Dieses Auto fiel ihr besonders auf, es war ungewöhnlich sauber und glänzte. Ihr Hund pinkelte beim zweiten Spaziergang dagegen. Sie wollte die Stelle abwischen, weil der Urinfleck so auffällig war. Also eilte sie nach Hause, um Wischwasser und einen Lappen zu holen, wollte eigentlich sofort wieder rausgehen, aber da begann gerade das Halbfinalspiel zwischen Klein-Island und Großbritannien. Deshalb ging sie erst knapp zwei Stunden später, da stand das Auto aber nicht mehr auf seinem Platz.

11. DIE BAUERN WISSEN NICHT, WAS ARBEITSLOSIGKEIT IST

Als Sigríður vor ihrem Haus parkt, merkt sie, wie erschöpft sie ist. Sie hat eine Zwölf-Stunden-Schicht hinter sich und war fast die ganze Zeit auf den Beinen, war ununterbrochen zwischen dem Speisesaal und der Küche hin- und hergehetzt. Die Essensgäste werden immer mehr. Sie steigt ächzend aus dem Wagen und schleppt sich mit der Einkaufstüte zum Haus. Sie müssen unbedingt mehr Leute in der Kantine einstellen. Die Arbeitsbelastung ist immens geworden, Zwölf-Stunden-Schichten sind einfach nicht zumutbar. Sigríður öffnet die Haustür, geht rein und ruft aus alter Gewohnheit:

„Hallo, hallo, ich bin da!"

Niemand antwortet, aber damit hat sie auch nicht gerechnet. Die Gemeindepost ragt halb aus dem Briefschlitz. Sie nimmt die Zeitung mit in die Küche, setzt sich an den Tisch und blättert sie durch. Dabei stößt sie auf einen interessanten Artikel: Es gibt Proteste gegen eine Großindustrie in Selvík. Sigríður merkt gar nicht, dass Gísli nach Hause kommt, obwohl er ruft: „Hallo, hallo, ich bin da!", so wie auch er es immer macht. Als er sieht, dass sie in die Zeitung vertieft ist, schleicht er sich geräuschlos an und drückt ihr von hinten einen Kuss auf den Hals. Sie erschrickt und schimpft ihn gutmütig aus.

„Bist du schon lange da?"

„Bin eben gekommen", antwortet sie, in Gedanken noch bei dem Artikel.

„Wie spät ist es?“

Er schaut auf die Wanduhr über dem Küchentisch, sieht, dass es kurz vor sieben ist, und öffnet den Kühlschrank.

„Hast du nichts zum Essen eingekauft?“

„Doch.“

Er wartet, dass sie noch etwas hinzufügt, aber sie schweigt.

„Ich hab noch nie einen so leeren Kühlschrank gesehen.“

„Die Einkaufstüte steht im Flur“, entgegnet sie, ohne aufzuschauen.

Gísli holt die Tüte, und als er zurückkommt, fragt sie ihn, ob er die Gemeindepost schon gelesen habe. Aber er interessiert sich mehr für den Inhalt der Tüte.

„Schon wieder Schellfisch! Wir hatten doch jeden Tag Fisch.“

„Es gibt Proteste gegen das Siliziumwerk.“

„Aha, wer protestiert denn dagegen?“

„Die Bauern aus dem Umland.“

„Die Bauern“, schnaubt Gísli verächtlich, „was haben die denn zu meckern?“

Sigríður liest laut vor: „Gestern fand ein Treffen des Landwirtschaftsverbands der Gemeinde Selvík statt, bei dem vehement gegen den Standort des Siliziumwerks auf Klettahöfði protestiert wurde. Die Leute versammelten sich auf der Landspitze, wo die Bautätigkeiten …“

„Jetzt ist es zu spät zum Protestieren!“

Ungerührt liest sie weiter: „… der Vorsitzende des

Landwirtschaftsverbands weist den Vorwurf zurück, es sei zu spät für Proteste, denn die Frist für Einsprüche sei noch nicht abgelaufen."

Sie fixiert ihren Mann. „Und da wird trotzdem schon kräftig gebaut!"

„Warum mischen sich die Bauern da ein? Die wissen doch gar nicht, was Arbeitslosigkeit ist."

STJARNA STEINS
TOD EINER WISSENSCHAFTLERIN

Wenn ich mysteriöse Todesfälle recherchiere – ich übernehme nur solche Fälle –, gehe ich immer davon aus, dass der Verdächtige schuldig ist, bis seine Unschuld bewiesen wird. Die goldene Regel, dass der Verdächtige unschuldig ist, bis seine Schuld bewiesen wird, ist ungerecht. Es ist viel nobler, Unschuld zu beweisen als Schuld.

Doch im Fall der Geowissenschaftlerin gab es keine Verdächtigen. Ich war die Einzige, die davon ausging, dass es sich um einen Mord handelte.

12. DIE STERBEURKUNDE

Eine Sachbearbeiterin vom Bezirksamt ruft an und bittet Margrét, die Sterbeurkunde vorbeizubringen. Sie bekommt einen Schreck. Das musste ja passieren. Aber sie ist bereit, den Tatsachen ins Auge zu schauen. Schließlich trägt sie nur die Hälfte der Schuld, es war ihre gemeinsame Entscheidung.

„Wozu brauchen Sie die Sterbeurkunde?", fragt sie.

„Als Bestätigung, dass der Verstorbene tot ist", antwortet die Sachbearbeiterin.

„Aber er wurde doch schon eingeäschert und beerdigt."

„Ihr Mann starb doch zu Hause, nicht wahr?"

Die Frau wartet nicht auf eine Antwort, sondern spricht einfach weiter: „Zur Feststellung der Todesursache muss der Verstorbene obduziert werden. Sie haben doch bestimmt einen Arzt und die Polizei eingeschaltet?"

„Die Polizei?"

„Wenn jemand zu Hause stirbt, muss die Polizei eingeschaltet werden. Das haben Sie doch sicher gemacht?"

„Äh …" Margrét sucht hektisch nach den richtigen Worten.

„Haben Sie mit der Polizei gesprochen?"

„Mit Lárus? Ja, mit dem habe ich gesprochen."

„Perfekt! Dann hat er Ihnen bestimmt ein Formular zum Ausfüllen gegeben? Oder der Arzt?"

„Ich werde …"

„Perfekt! Bringen Sie mir das einfach ins Büro und ich leite es weiter ans Einwohnermeldeamt. Sobald der Todesfall registriert ist, wird die Güterteilung in die Wege geleitet."

„Die Güterteilung?"

„Es sei denn, es wurde festgelegt, dass die hinterbliebene Ehepartnerin alleinige Erbin ist, dann werden …"

„Ich bringe es vorbei", wirft Margrét schnell ein, als die Frau kurz Luft holt, und legt dann auf.

Als sie einige Zeit später zur Gemeindeverwaltung kommt, steht eine Warteschlange vor dem Büro der Sachbearbeiterin. Margrét überlegt, ob die Leute alle da sind, um Sterbeurkunden abzugeben oder – so wie sie – um keine Sterbeurkunde abzugeben. Sie setzt sich auf einen Stuhl im Gang und zerbricht sich den Kopf darüber, wie sie das Problem lösen kann. Da sieht sie Hauptkommissar Lárus den Gang betreten und mit ernster Miene auf sie zugehen. Sie könnte ihn um einen Gefallen bitten, könnte ihn fragen, ob er die Sterbeurkunde zurückdatiert, oder sie könnte den flinken Níels bitten, Lárus danach zu fragen. Für Níels macht jeder alles. Doch kurz bevor Lárus bei ihr angelangt ist, schwenkt er plötzlich scharf nach rechts, öffnet eine Tür, ohne anzuklopfen, und marschiert hinein.

„Warum werde ich zu einem Treffen des Industrieausschusses eingeladen?", poltert er wütend. „Ich bin ausgetreten."

Er zieht die Tür nicht hinter sich zu, sodass Margrét hören kann, was in dem Raum gesprochen wird, und wenn sie sich leicht vorbeugt, kann sie auch hineinschauen. Jón Bürgo sitzt demonstrativ lässig an seinem Schreibtisch und bearbeitet seine Fingernägel mit einer Nagelfeile. Er erklärt Lárus, dass er als leitender Polizeihauptkommissar automatisch auch als Vertreter des Zivilschutzes in dem Ausschuss sei.

„Also entspann dich, das Meeting fängt gleich an."

„Entspannen! Wie soll ich mich entspannen, wenn ich nicht mehr geschlafen hab seit …" Er bricht mitten im Satz ab. „Willst du die wirklich da stehen lassen?"

„Was?"

„Die Statue!"

Margrét beugt sich noch weiter vor und sieht Präsident Jón Sigurðssons Kopf auf einem Pfeiler.

„Das ist eine Büste, keine Statue", sagt Jón Bürgo, „eine Statue ist eine Skulptur von einer kompletten Person, während eine Büste …"

„Was spielt das verdammt noch mal für eine Rolle, ob es eine Statue oder eine Büste ist!", zischt Lárus.

„Diese Statue …"

„Schsch, schsch."

Margrét hört, wie Jón Bürgo aufsteht und kurz darauf noch einmal sagt: „Schsch, schon gut."

Jóns Stimme ist leise und besänftigend, als beruhige er ein ängstliches Pferd. „Nimm dir das nicht so zu Herzen, du hast dein Bestes getan."

„Mein Bestes getan!"

Wenn Margrét nicht alles täuscht, bricht Lárus in Tränen aus.

„Das ist eine ärgerliche Sache, wirklich unglücklich, wie es gelaufen ist“, sagt Jón Bürgo.

„Excuse me, lady“, erklingt eine tiefe Stimme, und eine Hand berührt Margrét leicht an der Schulter. Sie erschrickt fürchterlich und blickt hoch zu einem großen Mann mit schwarzen, glatten, straff aus der Stirn gekämmten Haaren. Er quetscht sich an ihrem Stuhl vorbei, geht dann geradewegs ins Bürgermeisterbüro und schließt die Tür. Margrét kann noch einen kurzen Blick auf seinen Rücken und den dunkelbraunen, fast bodenlangen Ledermantel erhaschen, der ihm um die Beine schlägt.

Dann steht sie auf und verlässt das Gebäude.

13. MARGRÉT

Sigríður ist schon geschwommen und sitzt entspannt im Hot Pot. Zu dieser Zeit ist das Schwimmbad völlig leer. Sie hat keine Lust auf das neue Fünfzig-Meter-Becken draußen auf der Landspitze mit seinen Whirlpools, angeblich die besten im ganzen Land. Unglaublich, wie schnell die Chinesen das Schwimmbad hochgezogen haben. In zehn Tagen! Da ist doch was faul. Die Whirlpools waren als Erstes fertig. Gísli meinte, das hätten sie extra gemacht, um nach der Arbeit reingehen zu können. Sie würden die Whirlpools regelrecht okkupieren, es wimmele nur so von Chinesen, sodass man gar keinen Platz mehr fände. Dass er Vorurteile hätte, stritt er vehement ab.

„Es sind nur so viele. Aber sie sind hervorragende Handwerker, fleißig und geschickt“, lenkt er ein. „Sie bauen jetzt das Dach, das sich über alle Hallen erstreckt. Sie sind spezialisiert auf solche Schirmdächer.“

Auf einmal sieht sie Margrét in einem blauen Badeanzug aus der Umkleide kommen. Sie geht zielstrebig an der Längsseite des Schwimmbeckens entlang und springt am tiefen Ende ins Wasser. Sie krault Bahn um Bahn und dreht mit einer Rollwende. Margrét konnte schon immer gut schwimmen und hat nichts verlernt, seit sie an Landesjugendturnieren teilnahm. Sigríður begleitete sie einmal zu einem Turnier, nicht um selbst anzutreten, sondern weil sie ein Auge auf Gísli geworfen hatte, der beim Ringen startete. Er gewann den Ringkampf, und Sigríður eroberte ihn – oder war er es, der sie eroberte? Jedenfalls ergriff er die Initiative, so wie Männer es damals taten oder zumindest dachten, es würde von ihnen erwartet. Er machte den ersten Schritt, quetschte sich zu ihnen ins Zelt und sagte, er hätte eiskalte Füße. Er durfte sie in Sigríðurs Schlafsack wärmen, und so fing es an.

Margrét war schon immer speziell gewesen, irgendwie anders. Sie hatte keine Mutter und zog mit ihrem Vater nach Selvík, der in dem Herbst, als Sigríður in die erste Klasse kam, Direktor der Grundschule wurde. Die Mädchen freundeten sich sofort an. Der Schuldirektor kam in die Klasse, führte Margrét zu dem Tisch, an dem Sigríður saß, und sagte, sie sollten zusammensitzen – vielleicht weil Sigríður von allen Kindern am kleinsten und kindlichsten war, denn sie war erst an Silvester geboren. Sie waren und sind noch immer sehr unterschiedlich, auch äußerlich. Margrét hat dunkle Haare, Sigríður ist blond. Margrét ist Einzelkind, Sigríður hat fünf Brüder, ist die Jüngste und das einzige Mädchen. Obwohl sie im selben Jahr geboren sind, war Margrét mehr wie eine große Schwester. Sigríður bewunderte sie und fand alles toll, was Margrét tat oder sagte. Wenn Sigríður etwas entscheiden oder auswählen oder nur eine einfache Antwort geben sollte, dachte sie immer: Was würde Margrét tun?

Sie stutzt und überlegt, ob sie das immer noch macht. Schaut sie immer noch zu Margrét auf?

Direktor Guðmundur, Margréts Vater, war ein hervorragender Lehrer, und die Kinder liebten ihn. Er erzählte ihnen Geschichten und brachte ihnen Lieder und Gedichte bei. Er kümmerte sich nicht groß um Margréts Erziehung, ließ ihr alles Mögliche durchgehen und bestand nicht darauf, dass sie im Haushalt half, so wie es damals von Mädchen erwartet wurde. Er ging immer sehr sanft mit ihr um und schimpfte nie. Margrét war eine Leseratte. In Sigríðurs Familie galt es als Unsitte, ein Buch zu lesen, wenn man etwas Nützlicheres tun konnte. Die Geschwister lernten zu gehorchen und verrichteten klaglos alle Arbeiten, die man ihnen auftrug. Da Sigríður das einzige Mädchen war, blieben die Haushaltsarbeiten meistens an ihr hängen. Wenn Margrét zu Besuch kam und Sigríður gerade mit irgendetwas beschäftigt war, meistens abwaschen, bot sie immer an, ihr zu helfen.

Einmal ging Sigríður mittags nach der Schule mit zu Margrét. Sie fläzten sich im Wohnzimmer aufs Sofa und lasen. Sigríður konnte sich nicht richtig aufs Schmökern konzentrieren, denn sie hatte ein schlechtes Gewissen, weil sie nicht zu Hause war und sich nützlich machte. Dann kam Margréts Vater mit einem Gast nach Hause und bat seine Tochter freundlich, dem Gast einen Kaffee zu kochen. Margrét antwortete in demselben liebenswürdigen Tonfall, ohne von ihrem Buch aufzuschauen:

„Ach, Papa, dazu hab ich gerade keine Lust."

Sigríðurs Mutter machte sich Sorgen um Margrét und sagte, es tue ihr nicht gut, so viel herumzugammeln. Sie verstand Margréts Vater nicht, diesen wundervollen Lehrer und klugen Mann, der meinte, Kinder sollten spielen und nicht arbeiten, die Schulen sollten die Kinder erziehen und nicht die Eltern.

„Was soll nur aus dem Kind werden, wenn es groß ist?", jammerte sie.

Ja, was wurde aus Margrét?, fragt sich Sigríður. Sie heiratete, ging ins Ausland und kam nach dreißig Jahren wieder zurück. Nach dieser langen Zeit waren sie sich fremd geworden. Sie trafen sich zum ersten Mal im Supermarkt, grüßten kurz und tauschten ein paar höfliche Floskeln. Kurz darauf klopfte Margrét bei ihr in Sæbakki an die Tür, mit einem frisch gebackenen Dattelkuchen, und Sigríður schleppte sie noch am selben Abend mit zum Lesekreis – so lernten sie sich neu kennen.

Sigríður entdeckte nur wenig Vertrautes in Margrét, dabei hatte sie sich äußerlich nicht stark verändert. Ihr dickes dunkles Haar war zwar schon leicht ergraut, und jetzt, zehn Jahre später, hat es ein edles Silbergrau. Doch sie suchte lange vergeblich nach der alten Magga. Sigríður sieht in Margrét zwei völlig unterschiedliche Menschen: Jóhanns Margrét und die Magga von früher. In der ersten Zeit nach ihrer Heimkehr war Jóhanns Margrét die Dominierende. Sie trug teure, exklusive Kleidung und legte großen Wert darauf, zu jedem Anlass richtig angezogen zu sein. Bei der Magga von früher war es genau das Gegenteil gewesen. Ihr waren Klamotten völlig egal, und sie hatte oft Sachen von ihrem Vater getragen. Sigríður hatte sie nie in einem Kleid gesehen, außer bei der Beerdigung ihres Vaters, da trug sie ein schwarzes Kleid, von dem sie sagte, es habe ihrer Mutter gehört. Das war das einzige Mal, dass Margrét ihre Mutter erwähnte. Inzwischen verblasst Jóhanns Margrét allmählich, während die Magga von früher mit jedem Tag sichtbarer wird. Diese Veränderung ist Sigríður zum ersten Mal bei Agnes' Beerdigung aufgefallen, als Margrét den unpassenden Hosenanzug trug.

Was hat sie nur all die Zeit im Ausland gemacht? Sie habe sich bei verschiedenen Wohltätigkeitsorganisationen engagiert, erzählte sie. Eins ist jedenfalls klar: Margrét hat Sigríður gerettet, als die Mitteilung vom Internationalen Kletterverband kam, man habe die Suche eingestellt. Wenn Margrét an jenem Tag nicht mit Sherry und Schokolade vorbeigekommen wäre, wüsste Sigríður nicht, wo sie jetzt stünde. An dem Tag erzählte Margrét ihr auch, wen sie in Amerika betreut hatte: ehemalige

Soldaten, denen ein sinnloser Krieg die Freude am Leben geraubt hatte, aber auch Eltern, die ihre Söhne in ebenjenem Krieg verloren hatten, sowie alle möglichen anderen Menschen, die einen Verlust verarbeiten mussten. Die Soldaten traf es am härtesten, viele hatten an der Front dauerhafte Schäden erlitten. Die meisten Leute konnten lernen, schöne Momente, die sie einst mit ihren Liebsten verbracht hatten, heraufzubeschwören und zu genießen, anstatt all jene Momente zu betrauern, die der Betreffende nicht mehr erleben und die es nie mehr geben würde. Sie lernten, dass es Zeitverschwendung war, die Trauer besiegen zu wollen, denn sie würde sie ihr Leben lang begleiten. Sie lernten, die Trauer zu akzeptieren. Viele hatten Gräber, an denen sie trauern konnten, aber andere besaßen nur Worte, die besagten, dass der oder die Vermisste für tot erklärt wurde. Kein Grab, kein Ort zum Trauern. Einen solchen Ort mussten sie sich erst erschaffen. So wurde Kallis Zimmer zu einem Ort der Erinnerung.

Margrét erzählte ihr noch mehr, sie erzählte ihr von dem kleinen Jungen, der nur einen halben Tag lebte und weder eine Vergangenheit noch eine Zukunft besaß, weshalb es keine vergangenen Momente zum Genießen und keine zukünftigen Momente zum Betrauern gab.

14. SIGRÍÐUR

Als Margrét aus der Umkleide kommt, sieht sie Sigríður alleine im Hot Pot sitzen. Sie winkt ihr zu, und Sigríður winkt zurück. Margrét geht an der Längsseite des Schwimmbeckens entlang und springt am tiefen Ende ins Wasser. Heutzutage geht sie viel zu selten ins Schwimmbad, sie nimmt sich vor, das zu ändern. Beim Schwimmen fühlt sie sich gut und kann ihre Gedanken schweifen lassen. In den Jahren im Ausland hat sie nichts vermisst, bis auf die isländischen Schwimmbäder. Diese fantastischen Freibäder, die bei Frost und Schneesturm im dunklen Winter noch schöner sind. In diesem Schwimmbad hat sie Schwimmen gelernt.

Ihre Gedanken driften ab, und eine Erinnerung an Kalli geht ihr durch den Kopf. Kurz nachdem sie zurück nach Island gezogen waren, begegnete sie ihm zum ersten Mal, da war er dreißig. Sie musste nicht erst fragen, wer seine Eltern waren, denn er sah genauso aus wie sein Vater Gísli damals, als sie mit Jóhann aus Island fortging. Mittlerweile ist es vier Jahre her, seit er losfuhr. An dem Tag, als er sich zu seiner letzten Reise aufmachte, kam er zu ihnen, um sich zu verabschieden und sich bei Jóhann für das Stipendium zu bedanken. Ohne die Unterstützung der Bank hätte er diese Reise nie gemacht. Er kam ins Wohnzimmer, wo Margrét arbeitete, und gab ihr einen schmatzenden Kuss auf die Wange. Seine hellblauen Augen leuchteten, als er sagte, nun fahre er endlich ins Traumland aller Bergsteiger.

Jóhann begleitete ihn zur Tür, und Margrét hörte ihre Abschiedsworte:

„Mach's gut, mein Junge. Geh auf Gottes Wegen."

„Meinst du nicht, auf meinen eigenen Wegen wäre ich sicherer? Gottes Wege sind unergründlich", entgegnete Kalli mit einem fröhlichen Lachen.

Als die Haustür ins Schloss fiel, hörte Margrét, wie Jóhann sich schnäuzte, und als er an der Wohnzimmertür vorbeiging, tupfte er sich mit einem Taschentuch die Augen ab. War Kalli für Jóhann der Sohn, den er nie gehabt hatte?

Sie verfolgten die Route der Gruppe im Fernsehen, das regelmäßig über sie berichtete. Am Anfang waren sie zu fünft. Nach und nach gaben vier von ihnen auf, und Kalli war der Einzige, der weiterging und es bis ans Ziel schaffte. Von dort schickte er ihnen ein Foto. Im Fernsehen sahen sie ihn auf dem höchsten Gipfel der Welt stehen, an einem schönen wolkenlosen Tag bei strahlendem Sonnenschein. Seitdem hatte man nichts mehr von ihm gehört.

Es vergingen zwei Jahre, bis Kalli für tot erklärt und die Suche eingestellt wurde. Dann kam Gísli völlig verzweifelt zu ihr und bat sie um Hilfe.

„Sigríður verkümmert, sie will es nicht wahrhaben und stirbt mir noch, wenn nichts passiert." Da ging Margrét zu ihr, und gemeinsam richteten sie das Kalli-Zimmer ein. Als sie an jenem Abend nach Hause kam, gegen Mitternacht, hatte Jóhann seinen ersten Schlaganfall bekommen.

Sie hatten unterschiedliche Wege eingeschlagen. Sigríður's Kindheit war ganz anders gewesen als ihre. Wenn Margrét Sigríður mit einem Wort beschreiben müsste, dann wäre es das Wort *schön*. Damit ist nicht gesagt, dass Margrét automatisch hässlich wäre – es ist nicht an ihr, das zu beurteilen –, aber sie erinnert sich an Jóhanns Worte: „Du könntest so hübsch sein, wenn du dich mal kämmen und ein bisschen schminken würdest."

Als sie neunzehn war, fragte ihr Vater sie, was sie einmal werden wolle.

„Nichts", antwortete sie.

„Dann sollst du das lernen", entgegnete er und schickte sie auf die Hauswirtschafsschule. Margrét wollte, dass Sigríður mitkam, aber die war schon verlobt und vollauf damit beschäftigt, das Haus einzurichten, wenn sie nicht gerade vorm Telefon hockte und auf einen Anruf ihres Liebsten wartete.

Als Margrét dreißig Jahre später nach Island zurückkehrte, hatte Sigríður sich kaum verändert. Sie war immer noch strahlend schön, ohne sich dessen bewusst zu sein. Bis heute ist sie wahnsinnig fit und gesund, ist bei der Rettungswacht, beim Roten Kreuz, geht wandern, macht Yoga und schwimmt. Sie ist ein Naturkind. Sie wohnt immer noch in Sæbakki, dem alten Haus oberhalb des Hafens etwas abseits vom Ortskern, das ihr Vater gebaut hat. Das hübscheste Mädchen von Selvík ergatterte den hübschesten Jungen. Damals wunderte sich niemand, dass sie ein Paar wurden. Sie waren wie füreinander geschaffen, von der Natur füreinander bestimmt. Als hätte man sie in denselben Boden gesät, wuchsen und gediehen sie gemeinsam, und nichts außer dem Tod wird sie voneinander trennen.

Während Margrét schwimmt und an Sigríður und Gísli denkt, kommt sie gar nicht auf die Idee, dass man nicht immer auf dieses zwangsläufige Naturgesetz vertrauen kann. Dass die Natur nicht unfehlbar ist. Dass das Unveränderbare unter bestimmten Bedingungen mutieren kann.

15. VERSAMMLUNG IM GEMEINDEHAUS

Die Versammlung im Gemeindehaus hat bereits begonnen, als Sigríður und Gísli eintreffen. Es ist brechend voll, alle Stühle sind besetzt und hinter und neben den Stuhlreihen stehen noch einmal doppelt so viele Leute.

Als Sigríður den Blick durch den Raum schweifen lässt, sieht sie, dass man sich vielleicht noch ganz hinten auf die Fensterbank setzen kann. Sie gibt Gísli ein Zeichen, und gemeinsam drängen sie sich in Richtung Fenster. Sigríður schwingt sich auf die Fensterbank, sieht von dort aber nur den Rücken ihres Vordermannes. Als sich jemand im nächsten Fenster auf die Fensterbank stellt, denkt sie sich, dass sie das auch machen kann. Nun kann sie den ganzen Saal überblicken, sieht die meisten zwar nur von hinten, erkennt aber den Gemeinderat auf dem Podium am anderen Ende des Raums. Jón Sigurðsson sitzt in der Mitte und spricht ins Mikrofon:

„Wir haben nichts zu verbergen … wir haben uns nichts zuschulden kommen lassen …"

Sigríður kann sich ein Lächeln nicht verkneifen, als sie die ernsten Gesichter der Leute sieht, die neben ihm sitzen. Man könnte meinen, sie sollten zum Tode verurteilt werden. Spannung liegt in der Luft, es gibt Buhrufe und Geschrei. Darum bemüht, die Ordnung wiederherzustellen, schlägt der Versammlungsleiter mit dem Hammer auf den Tisch.

„Ruhe, der Bürgermeister hat das Wort!"

„Hier ist der ganze Kram."

Jón Bürgo nimmt eine Aktentasche, kippt sie auf dem Tisch aus und hält eine Broschüre nach der anderen hoch: „Witterungseinflüsse, Verschmutzungsgefahr, Erdbebengefahr, Lawinengefahr … Und wir kriegen einen Tunnel!"

Gísli steht vor Sigríður und überragt alle. Obwohl sie auf der Fensterbank steht, ist sie kaum größer als er. Als ihr Blick auf seinen Hinterkopf fällt, bemerkt sie, dass sich sein dickes, dichtes Haar auf dem Scheitel zu lichten beginnt.

„Wir wollen einen Bürgerentscheid!", ruft eine junge Frau, die ganz in der Nähe steht. Sigríður und Gísli werfen ihr einen kurzen Blick zu.

„Guðrún", flüstern sie gleichzeitig, und dann ruft Gísli: „Dafür ist es zu spät, Gunna!"

„Bürgerentscheid! Bürgerentscheid!", ertönt es im Saal, und die Befürworter stimmen mit Rufen und rhythmischem Klatschen ein.

Der Versammlungsleiter schlägt mehrmals mit dem Hammer auf den Tisch.

„Ruhe! Der Bürgermeister hat das Wort!"

Die Leute beruhigen sich wieder, Jón Bürgo hält das Mikrofon ganz nah an seine Lippen.

„Nun lasst mich doch mal antworten!", ruft er.

Sigríður dreht sich zu Guðrún und will ihr signalisieren, dass sie zu ihr auf die Fensterbank klettern soll, doch sie steht schon nicht mehr an derselben Stelle. Wer wohl auf die Kinder aufpasst?, fragt sich Sigríður und hofft inständig, dass es nicht Pési ist. Als sie in der Menge nach Guðrún Ausschau hält, fällt ihr Blick auf das Fenster neben ihr. Sie erkennt, dass dort gar kein Mann steht, wie sie dachte, sondern eine Frau. Sie hat ganz kurz geschnittene Haare und abstehende Ohren, die sonderbar spitz sind. Sie hält ihr Handy hoch und scheint die Versammlung zu filmen.

Während Sigríður weiter durch den Saal blickt, gehen ihr tausend Gedanken durch den Kopf. Warum war nicht schon früher von einem Bürgerentscheid die Rede? Und warum lässt Guðrún sich in letzter Zeit so selten zu Hause blicken? Was hat sie jetzt schon wieder für Probleme? Sigríður glaubt nicht, dass sie wieder einmal mit Pési zusammengekommen ist. Davon hätte sie bestimmt gehört. Wenn Guðrún sie früher nicht mehr besuchen kam oder sich nicht bei ihnen meldete, bedeutete das immer, dass sie sich wieder mit diesem Waschlappen, wie Gísli ihren Ex-Schwiegersohn nennt, eingelassen hatte. Kam sie jedoch oft zu Besuch oder rief an, hatte sie ihn wieder einmal rausgeworfen. Ihre Eltern fragten sie nie nach ihm, und Guðrún erzählte ihnen auch nie etwas. Es war eine stille Übereinkunft, die gut funktionierte. Wenn sie sich trafen, war Pési nicht dabei und deshalb auch kein Thema. Seit der letzten Trennung ist ein gutes Jahr vergangen. Sigríður wünscht sich nichts sehnlicher, als dass Pési das Haus ihrer Tochter nie wieder betritt, oder mit anderen Worten, dass er endgültig aus ihrer aller Leben verschwindet. Als Guðrún ihnen eröffnete, sie habe sich endgültig vom Vater ihrer Kinder getrennt, konnte Sigríður ihre Freude nicht verbergen. Was ihrer Tochter gehörig gegen den Strich ging:

„Er ist und bleibt immer der Vater deiner Enkelkinder!"

Sigríður vermisst ihre Enkel. Sie beschließt, sie anzurufen, sobald sie zu Hause ist, und sie einzuladen, bei Oma und Opa zu übernachten. Da ihre Mieterin nicht aufgetaucht und wahrscheinlich abgesprungen ist, kann sie den Kindern jetzt Kallis Zimmer anbieten. Ob Guðrún schon nach Hause gegangen ist? Sigríður wollte eigentlich gar nicht zu der Versammlung, sondern zum Yoga, wie jeden Samstagnachmittag. Sie geht fast nie zu politischen Versammlungen, dafür aber umso öfter zu Treffen der Rettungswacht und der Rote-Kreuz-Frauen und verschiedener anderer gemeinnütziger Vereine. Doch diesmal hat sie sich von Gísli breitschlagen lassen, es war ihm sehr wichtig, dass sie mitkommt. Er versicherte ihr, es handele sich nicht um eine der üblichen Versammlungen, sondern um einen Austausch bei einer Tasse

Kaffee, um zum Neuaufbau des Orts aufzurufen, der Arbeitsplätze für alle bringen solle. Und dann landet sie in dieser Löwengrube! Es wird gebrüllt und gezetert, die Fäuste geballt. Zwei Parteien, die eine für das Siliziumwerk und die andere dagegen. Die Bauern sind augenscheinlich dagegen. Und Guðrún? Zu welcher Gruppe gehört sie?

Obwohl Sigríður die Leute nur von hinten sieht, erkennt sie viele. Da ist die Pfarrerin, offenbar eine Befürworterin des Siliziumwerks, denn sie klatscht und pfeift jedes Mal, wenn sich jemand auf dem Podium äußert. Es sind viele Ausländer da, überwiegend Polen, aber auch einige Chinesen, obwohl die erst relativ kurz in Selvík sind. Sigríður kennt die meisten Polen. Viele von ihnen wandten sich nach dem Bankencrash an das Rote Kreuz, als die Baubranche einbrach, sie keinen Lohn mehr bekamen und nicht mehr wussten, wohin. Nach all den Jahren setzen sie jetzt ihre Hoffnungen auf das Siliziumwerk.

„Oberste Priorität haben immer die Interessen der Einwohner, der Aufbau des Arbeitsmarkts“, leiert Jón Bürgo herunter wie eine Platte, die einen Sprung hat, „und wir bekommen einen Tunnel!“

„Genau!“, ruft Gísli und klatscht. Er hat sich näher zum Podium vorgedrängelt und klingt auch schon wie eine Platte, die einen Sprung hat.

Sigríður sieht, wie ihm die Haare zu Berge stehen, so wie früher, wenn er aufgewühlt war. Sie muss an die letzten Jahre denken, als dieser große, tatkräftige und energische Mann nicht mehr wusste, warum er morgens aufstehen sollte. Blass und kränklich schlich er wie ein Gespenst durchs Haus, schaute nicht aus dem Fenster, geschweige denn aufs Meer, weil draußen nichts auf ihn wartete. Er hatte noch nicht einmal mehr Appetit auf Fleischbällchen mit brauner Soße!

Sie wird aus ihren Gedanken gerissen, als der Versammlungsleiter ankündigt, dass Guðrún Gísladóttir die Nächste auf der Redeliste ist. Sie ist also doch noch da! Sigríður sieht, wie sich ihre Tochter aus der Ecke löst, in der die Bauern und übrigen Gegner der Schwerindustrie sich zusammengerottet haben. Ihre langen Haare, die sie meistens zu einem Dutt hochsteckt, sind offen und wippen im Takt mit ihren energischen Schritten, als sie zum Redepult geht.

„Liebe Versammlungsgäste!"

Sigríður starrt ihre Tochter verwundert und stolz an.

„Dreiundzwanzig Mal hat der Bürgermeister bei dieser Versammlung schon gesagt, dass er ausschließlich an die Interessen der Gemeinde denkt, und dreiundzwanzig Mal hat er von den Interessen des ganzen Landes gesprochen. Das ist eine Lüge! Er denkt doch nur an seine eigenen Interessen! Er ist nämlich nicht nur Bürgermeister, sondern auch Vorsitzender des Siliziumausschusses und obendrein Teilhaber der größten Kapitalgesellschaften, die das Projekt finanzieren."

Es wird gebuht, und der Versammlungsleiter schlägt mit dem Hammer auf den Tisch.

„Ich spreche im Namen der Gegnerinnen und Gegner des Siliziumwerks auf der Landzunge Klettahöfði."

Ihre klangvolle Stimme dringt durch den ganzen Saal. Es wird gebuht und geklatscht und mit dem Hammer geschlagen. Guðrún nimmt ein Blatt Papier und hält es hoch. „Wir fordern einen Bürgerentscheid! Dafür brauchen wir die Unterschriften von zwanzig Prozent der Wahlberechtigten in der Gemeinde …"

Wie schön sie ist, denkt ihre Mutter gerührt.

„Wir, die Unterzeichnenden, fordern den Gemeinderat von Selvík und das Umweltamt auf, den Vertrag mit Smith Silicon über den geplanten Bau eines Siliziumwerks in Selvík aufzuheben“, liest Guðrún vor. „Wir werden uns niemals mit diesem giftspeienden Monstrum abfinden …“

Meine kleine Gunna wird's noch zu was bringen, denkt Sigríður, bekommt dann aber plötzlich Gewissensbisse. Warum hat sie nicht an ihre Tochter geglaubt und ihr vertraut, anstatt ihre Energie daran zu verschwenden, deren Mann zu misstrauen.

„Denken wir an die Zukunft unserer Kinder!“, ruft Guðrún. „Stoppen wir diese Entwicklung! Für den Naturschutz!“ Sie ballt die Faust. „Intakte Natur! Frische Luft! Sauberes Wasser! Autarke Gemeinschaft! Kreislaufwirtschaft! Die Bautätigkeiten auf Klettahöfði müssen ein für alle Mal gestoppt werden!“

„Hört, hört!“

Es gibt Applaus und Buhrufe und Pfiffe.

„Aber der Tunnel!“, ruft jemand dazwischen. „Wie ist eure Haltung zum Tunnel?“

Doch Guðrún hat das Redepult schon verlassen.

„Versammlungsleiter! Versammlungsleiter!“

Sigríður zuckt zusammen und blickt sich um. Wer hat das gerufen? Woher kam diese Stimme? Da sieht sie den Mann auf der Fensterbank neben der Frau mit dem Kurzhaarschnitt und den abstehenden Ohren. Er schwenkt den Arm. Sigríður kennt ihn nicht, trotzdem kommt er ihr vertraut vor. Er trägt ein knallrotes, kurzärmeliges Hemd und hat muskulöse gebräunte Arme. Er ist groß, jedoch nicht so groß wie Gísli mit seinen Einsfünfundneunzig. Er muss ungefähr so groß sein wie Kalli, der einsneunzig ist, laut seines Reisepasses, der am Berghang gefunden und ihnen mit der Post zugeschickt wurde. Da wird ihr schlagartig klar, dass das die Erklärung sein könnte. Irgendwo tief in ihrem Inneren klammert sie sich verzweifelt an diesen Strohhalm. Es kann lange dauern, ohne Pass um die halbe Welt zu reisen, es könnte ganze vier Jahre dauern. Warum ist sie darauf noch nie gekommen? Das muss sie Gísli sagen. Wo ist er hin?

„Versammlungsleiter!”, ruft der junge Mann noch einmal. „Ich müsste der Nächste auf der Redeliste sein.“

Der Versammlungsleiter gibt ihm ein Zeichen, nach vorne zu kommen, und bittet ihn, sich selbst vorzustellen.

Das lässt sich der Fremde nicht zweimal sagen, er schlängelt sich geschickt durch die Menge zum Redepult. Konzentriert blickt er durch den Saal und wartet seelenruhig, bis Ruhe eingekehrt ist. Als er merkt, dass sich alle Aufmerksamkeit auf ihn richtet, beginnt er:

„Liebe Mitbürgerinnen und Mitbürger!“

Er hält kurz inne und fährt dann fort: „Ich kenne nicht viele von euch, und mich kennen auch noch nicht viele, deshalb ist das eine gute Gelegenheit, um mich vorzustellen. Ich heiße Ástvaldur Ástvaldsson und bin Bauer hier auf Hólar.“

Ein Raunen geht durch den Saal, das sich auf unterschiedliche Weise interpretieren lässt: Verwunderung, Anerkennung, Hohn, Mitleid, Solidarität.

„Herzlich willkommen!“, rufen ein paar Leute, und Ástvaldur spricht weiter:

„Ich habe das Land letzten Herbst gekauft, um dort biologische Landwirtschaft zu betreiben, also ohne chemische Düngemittel oder andere Giftstoffe. Wie ihr alle wisst, ist Hólar nur einen Kilometer von dem Siliziumwerk entfernt.“

Seine Stimme ist weich und angenehm. „Es ist nicht mein Ziel, das Land zu besitzen, sondern das Land zu kultivieren“, sagt er und berührt damit viele, besonders die Bauern und die jüngere Generation.

Sigríður mustert den Mann. Er dürfte ungefähr so alt sein wie Kalli. Da überkommt es sie urplötzlich. Gleich muss sie heulen, und sie weiß, dass sie das dazugehörige laute Schluchzen dann nicht mehr unterdrücken kann. Sie springt von der Fensterbank und eilt hinaus.

16. DIE MIETERIN

Sobald Sigríður zu Hause ist, ruft sie ihre Tochter an. Die Kinder übernachten bei einer Freundin, weil Guðrún unterwegs ist, um Unterschriften zu sammeln. Auch wenn Sigríður den Sinn eines Bürgerentscheids für oder gegen Bautätigkeiten, die bereits begonnen haben, nicht versteht, ist sie froh, dass Guðrún sich ein anderes Betätigungsfeld gesucht hat, als ihre Eltern davon zu überzeugen, dass Pési noch zu retten ist.

Sigríður holt ihre Yogamatte und rollt sie auf dem Küchenfußboden aus. Sie macht ein paar Atemübungen, bis sie merkt, dass ihr Geist zur Ruhe kommt. Dann steht sie auf, geht zur Spüle und holt sich ein Glas Leitungswasser. Sie schaut aus dem Fenster auf Klettahöfði und die ersten Umrisse des Siliziumwerks. Vor ein paar Tagen wurde mit dem Bau der ersten Halle begonnen, sie sieht jetzt aus wie ein schwarzes Geisterschloss mit Baukränen, die in den Himmel ragen. Wo ist die Venus? Sie müsste zu dieser Zeit eigentlich als Abendstern zu sehen sein, denn der Himmel ist wolkenlos. Normalerweise erstrahlt sie dann über dem Kap und wird auch gern Wunschstern genannt. Die Leute bleiben kurz stehen, betrachten den Stern und wünschen sich etwas, meist in Liebesdingen.

Sigríður wurde in diesem Haus geboren. Als Kind stellte sich sich immer an genau dieses Fenster und wünschte sich etwas, wenn der Wunschstern am Himmel erschien. Nachdem sie Gísli erobert hatte, hörte sie damit auf, denn da hatte sich ihr immergleicher Wunsch erfüllt. Erst als Kalli verschwand, begann sie erneut, nach dem Wunschstern Ausschau zu halten und sich etwas zu wünschen. Auch wenn Gísli behauptete, er glaube nicht an übernatürliche Dinge, stand er oft mit ihr am Fenster, und sie betrachteten gemeinsam den Stern. Jetzt wird ihr klar, dass sie den Wunschstern nie wieder durch dieses Fenster sehen werden.

Sie sieht Gísli kommen, es ist jemand bei ihm. Die beiden bleiben vor dem Gartentor stehen. Sigríður versucht, den Mann zu erkennen, aber Gísli steht im Weg und verdeckt ihn, außerdem dämmert es schon. Dann setzt sich der Mann wieder in Bewegung und geht. Sigríður erkennt jetzt, dass es Ástvaldur ist, der junge Bauer von Hólar. Gísli läuft ihm ein paar Schritte nach, bleibt dann stehen, schaut ihm hinterher und dreht sich schließlich um. Er öffnet das Gartentor und geht über den Pfad, den er in seinem ersten Sommer in diesem Haus selbst gepflastert hat. Damals wanderte er hinauf auf die Heide, sammelte die flachen Steine und schleppte sie im Rucksack nach Hause, viele Male. Unvermittelt bleibt Gísli stehen und schaut auf den Boden, als hätte er auf einem der Steine etwas entdeckt. Dann hebt er den Blick, und ihre Augen treffen sich durchs Fenster. Sigríður winkt ihm zu, er winkt zurück. Trotz der Dämmerung kann sie an seiner Körperhaltung erkennen, dass ihn etwas bedrückt. Was wollte der Mann von ihm? Gísli kommt herein, und sie hört, wie er die Haustür zuzieht. Dann ist alles still. Als Sigríður neugierig aus der Küche guckt, steht Gísli reglos im Flur.

„Was machst du da?“

„Nichts“, sagt er tonlos und schaut sie an. Er ist blass.

„Ist was passiert? Bist du krank?“

„Es ist nichts“, antwortet er.

„Wie lief die Versammlung?“

„Wie lief die Versammlung“, wiederholt er geistesabwesend. Dann geht er zu ihr und nimmt ihre Hände.

„Da ist etwas, das ich dir schon lange sagen wollte …“

In diesem Moment klingelt sein Handy. Er geht ran, lauscht, und sein Gesicht erhellt sich.

„Klar, komm sofort vorbei, natürlich unterschreiben wir.“

Sigríður schaut ihn fragend an, als er das Handy zurück in die Hosentasche schiebt.

„Das war Finnur, er kommt mit der Unterschriftenliste vorbei.“

Ohne eine weitere Erklärung geht Gísli in die Küche. Sigríður folgt ihm.

„Die Unterschriftenliste?”

Da hört sie, wie die Haustür aufgeht. Sie dreht sich um und sieht eine Gestalt in den Flur treten.

„Hallo Finnur”, ruft sie ihm zu, „wir sind hier! In der Küche!”

Die Person bleibt stehen und hebt den Kopf, das Gesicht ist halb von einer schwarzen Kapuze verdeckt.

„Sigurlína”, sagt die Person, die eine Sie ist, schiebt die Kapuze zurück, und es kommt ein Kopf mit kurzgeschnittenen Haaren zum Vorschein. Es ist die Frau, die im Gemeindehaus auf der Fensterbank stand und die Versammlung filmte.

„Ich heiße Sigurlína", sagt sie knapp und macht Anstalten, weiter durch den Flur zu gehen.

„Moment mal", ruft Gísli barsch, „wer sind Sie eigentlich?"

Da geht Sigríður endlich ein Licht auf.

„Ach, guten Tag Sigurlína, Sie wollten ein Zimmer bei uns mieten. Ich hatte gar nicht mehr mit Ihnen gerechnet, weil sie sich nicht mehr gemeldet haben. Sigurlína Daníelsdóttir, oder?"

Ohne zu antworten geht die Frau in die Richtung von Kallis Zimmer.

„Äh, genau", fährt Sigríður irritiert fort, „es ist das Zimmer am Ende des Flurs."

„Das weiß ich."

Sigríður eilt ihr nach und möchte ihr die Tür aufhalten, aber die Frau kommt ihr zuvor.

Ein roter Koffer liegt auf dem Boden, auf dem Bett ist ein geöffneter Rucksack, aus dem ein Laptop ragt. Ein paar Kapuzenpullis im selben Stil wie der, den die Frau trägt, liegen am Fußende des Bettes. Sigríður ist sprachlos und starrt erst auf den Koffer und dann auf die Frau. Anscheinend ist sie schon eingezogen und hat sich eingerichtet!

„Im Schrank sind keine Bügel", sagt Sigurlína mit quengeliger Stimme.

Gísli erscheint in der Zimmertür, und Sigríður kann

ihm ansehen, dass er von der Unverfrorenheit der Frau geschockt ist.

„Hören Sie mal, gute Frau“, setzt er an, doch da klingelt es an der Tür. Gísli macht auf dem Absatz kehrt und geht aus dem Raum. Sigríður ist erleichtert, weil die Miete jetzt nicht mehr gefährdet ist; sie hat lange gebraucht, um Gísli von diesem Arrangement zu überzeugen.

„Also, es fehlen Bügel“, wiederholt Sigurlína und beginnt, Kleidungsstücke aus dem Koffer zu nehmen und in die Regale im Schrank einzuräumen. Ein ordentlich gefalteter Stapel weißer Unterhemden kommt ins oberste Regal, T-Shirts in das darunter, dann folgen ein paar Jogginghosen. Die Kleidungsstücke sind alle von derselben Firma, teure Markenklamotten aus dem Outdoor- und Fitnessbereich. Sigríður kennt die Marke, sie hat sich immer solche Sportklamotten gewünscht, konnte sie sich aber nie leisten. Vielleicht jetzt, weil die Mieterin für ein Jahr im Voraus bezahlt. Als Sigurlína die Hosen in das mittlere Regal legen will, ist etwas im Weg.

„Was liegt denn da?” Sie zieht ein Kleidungsstück heraus und mustert es. „Ach, was für ein schöner Pullover!“

Sie hält ihn sich vor.

„Das ist der Bergpulli von …“

Sigríður beendet den Satz nicht, reißt ihr den Pullover aus der Hand, drückt ihn an sich und eilt aus dem Raum.

„Bringen Sie mir noch Bügel, ja?“, ruft die Mieterin ihr nach.

Sigríður geht in die Küche, wo Gísli gerade die Kaffeemaschine einschaltet.

„Das war Finnur, er konnte nicht lange bleiben. Ich hab uns auf die Liste gesetzt."

„Uns? Du hast meinen Namen draufgeschrieben?"

„Natürlich, du bist doch nicht gegen neue Arbeitsplätze hier in der Gemeinde?"

„Ich bin dagegen, dass mir ein giftspeiendes Monster die Sicht durchs unser Fenster auf den Wunschstern versperrt."

Er tritt vom Fenster weg:

„Aber ich bin kein giftspeiendes Monster. Was meinst du, siehst du den Wunschstern nicht …?"

Sie unterbricht ihn:

„Der Pulli ist wieder da. Der, den Kalli vor seiner Abreise überall gesucht hat."

Sie fängt an zu schluchzen und vergräbt das Gesicht in dem Pullover.

Gísli geht zu ihr und nimmt sie in den Arm. Er hat auch gewartet und auf ein Wunder gehofft, genau wie sie.

„Ich brauche Bügel!", hören sie Sigurlína im Flur nörgeln.

17. MARGRÉT LERNT AUTOFAHREN

Der Fahrlehrer, der noch nicht lange in Selvík ist und nicht viele Leute kennt, macht große Augen, als er seine neue Fahrschülerin sieht. „Sind Sie Margrét?"

„Allerdings."

Er sagt erst mal nichts mehr, steigt aus, signalisiert ihr, dass sie auf der Fahrerseite einsteigen soll, und setzt sich selbst auf den Beifahrersitz.

„Sie sind noch nie mit einem Auto in Berührung gekommen, sagten Sie."

„Doch, als Beifahrerin natürlich, aber ich bin nie selbst gefahren. Deshalb bin ich hier. Ich habe ein Auto, oder besser gesagt, mein Mann hatte ein Auto, aber er ist tot, und anstatt den Wagen zu verkaufen …"

„Ja, ja", sagt der Fahrlehrer ungeduldig, „Sie müssen mir nicht ihre ganze Lebensgeschichte erzählen. Mein Job ist nur, Ihnen Autofahren beizubringen, damit Sie die Prüfung bestehen. Ich glaube, ich hatte noch nie eine Schülerin in ihrem Alter. Aber was soll's, schauen wir mal, was Sie drauf haben …"

Margrét legt die Hände aufs Lenkrad und überlegt, warum sie eigentlich nie Autofahren gelernt hat. In Amerika hatten sie immer ein Auto, alle hatten Autos. Das war einfach kein Thema, im Grunde sprachen Jóhann und sie nie viel miteinander. Am Anfang versuchten sie es, bemühten sich, einander zu verstehen, bis sie merkten, dass das nicht nötig war und sie einander einfach so akzeptierten, wie sie waren. Jóhann kümmerte sich ums Einkaufen und Kochen, eigentlich um alles, was den Haushalt betraf, neben seinem Beruf. Margrét begleitete ihn gern in die riesigen Einkaufszentren. Dann lief er mit dem Einkaufszettel voraus, und sie folgte ihm mit dem Einkaufswagen. Sie waren zufrieden. Margrét hätte ihr Leben niemals so führen können, wenn Jóhann sie nicht unterstützt hätte.

„Hallo, hallo“, sagt der Fahrlehrer neben ihr ziemlich laut.

Margrét wird aus ihren Gedanken gerissen und schaut ihn an.

„Was?“

„Hören Sie schlecht? Das ist nicht gut beim Autofahren, sie müssen gut sehen und hören können. Das Gehör ist nämlich genauso wichtig wie das Sehvermögen. Ich habe sie gefragt, was man als Erstes machen muss, wenn man am Steuer sitzt.“

Margrét überlegt und antwortet dann, das sei ja wohl logisch, man müsse als Erstes den Motor anlassen.

„Falsch! Als Erstes muss man sich natürlich anschnallen.“

Anschließend geht er mit ihr alle Einzelheiten durch, die sie wissen muss, bevor sie den Motor anlässt. Erst dann darf sie den Wagen starten, auf die Kupplung treten, den Gang einlegen und losfahren, was gar nicht so leicht ist. Das Auto ruckelt, als sie die Kupplung kommen lässt, und säuft ab. Sie muss alles noch ein paar Mal wiederholen, bis der Lehrer zufrieden ist. Schließlich schafft sie es, die Kupplung langsam und gleichmäßig kommen zu lassen, und das Fahrschulauto rollt los.

Der Lehrer wird im Lauf der ersten Fahrstunde immer freundlicher, am Ende grinst er von einem Ohr bis zum anderen.

„Ich muss sagen, ich hatte noch nie eine so gute und

aufmerksame Schülerin wie Sie, und das meine ich ehrlich!“

Doch auf den letzten Metern macht das Auto plötzlich eine Vollbremsung, und sie wären beide durch die Windschutzscheibe geflogen, wenn sie nicht angeschnallt gewesen wären.

„Ich hab gar nichts gemacht!“, ruft Margrét erschrocken. „Ich bin nicht auf die Bremse getreten!“

„Nein, aber ich bin auf die Bremse getreten“, entgegnet der Fahrlehrer, jetzt wieder ziemlich barsch. „Haben Sie den nicht gesehen?“

„Wen?“

„Den Mann im Rollstuhl!“

„Den flinken Níels?“

Margrét späht durch die Windschutzscheibe, sieht aber niemanden. Hastig steigen sie aus. Der Rollstuhl liegt samt Níels auf der Seite, halb unter der Stoßstange.

„Níels!“, ruft Margrét panisch. „Lebst du noch?“

„Verflixt noch mal, wie kann man nur so blöd sein!“

„Gott sei Dank“, entgegnet sie.

Der Fahrlehrer stellt den Mann samt Rollstuhl auf. Dann prustet Níels los und zeigt auf das Schild auf dem Auto: „Fahrschule, hahaha! Hältst du das für klug, Margrét? In deinem Alter?“

„Ist alles okay mit Ihnen?“, fragt der Fahrlehrer.

„Moment, mal sehen.“

Níels wuchtet sich im Rollstuhl hoch und furzt ausgiebig. „Ja, scheint alles in Ordnung zu sein“, sagt er und rast wieder los.

„Also wirklich …“, sagt der Fahrlehrer und schaut Níels kopfschüttelnd hinterher, „mit dem ist garantiert nicht alles in Ordnung.“

Wortlos blickt Margrét Níels hinterher, dankbar, dass sie ihn nicht verletzt hat, dankbar, dass es ihn gibt.

Níels bekam als Kind Kinderlähmung und ist seitdem an den Rollstuhl gefesselt. Seine Mutter nannte ihn von Anfang an „der flinke Níels“, um zu verhindern, dass ihm gehässige Spitznamen angedichtet wurden. Als Jóhann nach langem Krankenhausaufenthalt nach Hause verlegt wurde, weil man nichts mehr für ihn tun konnte, verwies der Pflegedienst Margrét an Níels, der Sterbende zu Hause betreute. Jóhann konnte zu diesem Zeitpunkt schon nicht mehr sprechen oder sich auf andere Weise verständlich machen. Doch Níels verstand ihn, er musste ihn nur anschauen und wusste sofort, was er wollte und brauchte. Er wusste es sogar besser als Margrét. So fand er beispielsweise heraus, dass Jóhann gern Geschichten hörte, besonders Kriminalgeschichten. Das hatte Margrét nicht gewusst. Manchmal erzählte Níels ihm wahre Kriminalgeschichten, Geschichten von Leuten in Selvík, die mit dem Gesetz in Konflikt geraten waren. Dann schlich sich Margrét ins Zimmer und hörte zu.

Doch das Beste war, wenn er Jóhann zum Lachen brachte. Margrét ist sich sicher, dass Jóhann in seinen letzten Lebensmonaten mehr lachte als je zuvor. Umso vulgärer und alberner Níels' Witze waren, desto mehr amüsierte sich Jóhann. Er selbst hätte solche Worte niemals in den Mund genommen. Jóhann brauchte bei allem Hilfe, und der flinke Níels machte sich aus allem einen Spaß.

Doch obwohl Níels Jóhanns unerträgliches Leben etwas erträglicher machte, wurde es nicht mehr so erträglich, dass es lebenswert war.

Níels ist der einzige Mensch auf der ganzen Welt, der Margréts Geheimnis kennt – nicht nur das eine, sondern beide.

18. EIN OFFENER BRUCH

Endlich geht die Patience auf. Margrét schaut auf die Uhr, es ist schon fast acht. Sie hat den Bus verpasst! Doch dann fällt ihr wieder ein, dass sie mit dem Auto hergekommen ist. Das macht einen Riesenunterschied: Seit sie den Führerschein hat, kann sie kommen und gehen, wann es ihr am besten passt. Autofahren macht ihr richtig Spaß. Ihr Fahrlehrer meinte, er hätte noch nie eine so gute Schülerin gehabt, sie sei ein Naturtalent. Margrét brauchte nur drei Fahrstunden. Sie erreichte die volle Punktzahl, sowohl in der schriftlichen als auch in der praktischen Prüfung. Der Lehrer konnte sich nicht erinnern, dass von seinen Schüler schon mal jemand so gut abgeschnitten hatte.

Sie schaltet den Computer aus, steht auf und geht aus dem Büro. Als sie an Kristjáns Zimmer vorbeikommt, wirft sie einen Blick hinein, aber er ist nicht da. Ob er schon nach Hause gegangen ist? Anstatt das Gebäude zu verlassen, steigt sie die Kellertreppe hinunter, dieselbe Treppe, die sie für Sóla geputzt hat. Sie wollte schon die ganze Zeit die Putzfrau begrüßen, die Sólas Vertretung übernommen hat. Die Kammer mit den Putzutensilien befindet sich direkt gegenüber vom Treppenhaus. In der Kammer steht eine junge Frau und bereitet den Putzwagen vor. Als Margrét hereinkommt, hebt sie den Kopf. Sie hat Kopfhörer im Ohr und einen Wischlappen in der Hand.

„Excuse me, can I help you?"

Nach dreißig Jahren in den USA kann Margrét es nicht ausstehen, wenn sie in ihrem eigenen Heimatland auf Englisch angesprochen wird.

„Friss den Lappen", antwortet sie auf Isländisch und lächelt dabei freundlich.

„Sorry", entgegnet das Mädchen und zieht die Kopfhörer heraus, „sind Sie Isländerin? Ich hab nicht genau gehört, was Sie gesagt haben. Brauchen Sie einen Lappen?"

Margrét wird knallrot. Das geschieht mir recht, denkt sie, und nimmt sich vor, so etwas nie wieder zu tun.

„Ich habe nach Sóla gefragt."

„Sóla?"

„Ja, die sich hier auf der Treppe das Bein gebrochen hat."

„Ach so, die alte Sóla!"

Margrét will schon erwidern, dass sie gleich alt sind, lässt es aber bleiben und fragt stattdessen, wann Sóla wieder zur Arbeit kommen könne.

„Das dauert bestimmt noch länger. Sie hat sich echt schlimm verletzt."

Margrét zuckt zusammen.

„Schlimm verletzt? Das war doch nur ein kleiner Riss am Schienbein."

„Kleiner Riss!", stößt das Mädchen hervor. „Wer erzählt denn so was?"

„Sóla hat es mir selbst gesagt, als wir am Tag danach telefoniert haben."

„Das war ein offener Bruch."

„Ein offener Bruch!", ruft Margrét überrascht.

„Ich schwör's, ich hab's selbst gesehen. Die Sanitäter kamen mir mit Sóla auf der Krankentrage entgegen. Der Knochen ragte aus dem Fleisch. Als ich sah, dass es die alte Sóla war, bot ich an, mit zur Notaufnahme zu fahren, aber weil ich keine Angehörige bin, durfte ich nicht."

Margrét wird schwindelig, sie muss sich am Türrahmen festhalten, um nicht umzukippen.

„Unter uns gesagt, ich glaub nicht, dass sie noch mal wiederkommt", fährt das Mädchen fort, „wenn man in ihrem Alter so übel stürzt, dann macht man's nicht mehr lange … dann ist's vorbei, wissen Sie."

19. MARGRÉT GEHT EINKAUFEN

Margrét muss dringend einkaufen. Der Kühlschrank ist gähnend leer und sie hat noch nicht einmal mehr Kaffee. Sie beschließt, zu Fuß zu gehen, was sie nicht mehr gemacht hat, seit sie den Führerschein hat. Ein bisschen Bewegung tut ihr gut. Die Spaziergänge mit Sigríður haben sich erledigt, jetzt arbeiten sie beide. Aber Sigríður macht weiterhin Yoga und hat es noch nicht aufgegeben, Margrét zum Mitmachen zu animieren. Sigríður macht sich Sorgen um sie und meint, sie sei abgemagert, das sei nicht gut für Frauen in ihrem Alter. Margrét achtet nicht darauf, ob sie zu- oder abnimmt. Sie hat sich seit Jahren nicht mehr gewogen und besitzt noch nicht mal eine Waage. Aber sie muss zugeben, dass ihre Kleider größer geworden zu sein scheinen, besonders die Hosen, der Hosenbund ist immer viel zu weit, sie muss sich dringend einen Gürtel kaufen. Das ist einer der Gründe, warum sie zum Laden muss, denn Jóhanns Gürtel sind alle beim Roten Kreuz gelandet. Sie schaut aus dem Fenster und sieht, dass die Sonne hinter den Wolken hervorkommt, die Zweige der Bäume bewegen sich nicht. Das perfekte Wetter für einen dicken Pullover. Da fällt ihr wieder ein, dass Jóhanns Drinnenpulli verschwunden ist. Sie hat ihn schon überall gesucht. Wer klaut denn einen alten, abgetragenen Pullover? Margrét hat noch die helle Sommerjacke, die Jóhann ihr mal geschenkt hat, aber dann muss sie den Wagen nehmen, denn obwohl die Sonne scheint, ist es draußen kalt. Die Daunenjacke, die Sigríður ihr geliehen hat, als sie vor einiger Zeit spazieren waren, hängt noch immer an der Garderobe. Sie schlüpft hinein.

Margréts Haus steht in der obersten Straße, die am nächsten zur Landspitze liegt. Es wurde ursprünglich für den Bankdirektor gebaut, als man noch plante, die Hauptniederlassung der Nationalbank in Selvík anzusiedeln. Alle wissen, dass daraus nichts wurde. Als Jóhann und Margrét aus Amerika zurückkamen und noch Geld hatten, kauften sie das Haus, das seit mehreren Jahren leerstand und schon etwas heruntergekommen war. Deshalb bekamen sie es für einen günstigen Preis.

Von dem Fußweg, den Margrét normalerweise zum Supermarkt nimmt, hat man einen guten Blick auf den Ort. In der Mitte des Hangs am Kap, das den Ort überragt, thront das Haus, das sich der Wirtschaftsmagnat Smith gebaut hat. Er hat es *Paradies* getauft. Das Haus ist aus Naturstein und steht auf einem Vorsprung, der aus dem Felsen gesprengt wurde, wie auch die Zufahrtstraße, die hinaufführt.

Vor einiger Zeit machten Sigríður und Margrét einen Spaziergang zu dem Tor, wo die Zufahrtstraße anfängt. Dort stand ein „Zutritt für Unbefugte verboten"-Schild sowie Hinweise auf Sicherheitskameras und Alarmanlagen. Sie kehrten rasch um, mit dem unguten Gefühl, nicht willkommen zu sein.

Nach Einbruch der Dunkelheit gibt es immer ein großes Spektakel im Paradies. Smith, der ständig durch die Welt jettet, hat ein Beleuchtungssystem installieren lassen, bei dem sich das Licht in den Fenstern abwechselnd an- und ausschaltet, sodass es aussieht, als wäre das Haus voller Leute. Oben auf der Landspitze zählt Margrét dreiundzwanzig Baukräne, die wie gigantische Ungeheuer in den Himmel ragen. Nach der Unterbrechung wegen des Bürgerentscheids, den die Gegner der Fabrik unter Guðrúns Anführung erwirken konnten, läuft jetzt wieder alles mit Volldampf. Vorher gab es einen harten Wahlkampf. Die Gegner forderten eine Zukunft, die den Umweltschutz in den Mittelpunkt stellt, eine autarke Gemeinschaft mit Kreislaufwirtschaft. Sie wollten das Siliziumwerk in einen Biogemüseanbau umwandeln oder einfach alles abreißen und das Kap wieder in seinen ursprünglichen Zustand zurückversetzen, so wie es war, bevor das Militär kam. Die Befürworter der Fabrik sagten, es gehe um das Hier und Jetzt, versprachen Arbeitsplätze und Wohnraum für alle, und wer sich nichts Eigenes leisten könne, bekomme einen Kredit beim Immobilienfonds der Mitarbeitervereinigung, sofern er sich verpflichte, die nächsten zehn Jahren in der Fabrik zu arbeiten. Sie wollten den Bau des Tunnels beschleunigen und in einer der Hallen einen Kindergarten einrichten.

Margrét stimmte gegen die Fabrik. Guðrún schaffte es mit ihrer Kämpfernatur und ihrer Überzeugungskraft, sie auf ihre Seite zu ziehen. Doch am Ende erzielten die Befürworter eine überragende Mehrheit.

Im Supermarkt ist Hauptgeschäftszeit, es herrscht dichtes Gedränge, als Margrét hereinkommt. Nachdem die Zahl der Kunden plötzlich explodierte, wurde der Laden schnell zu klein. Zuerst zog man an der Südseite einen Anbau hoch, und obwohl der Laden danach doppelt so groß war, reichte es nicht, sodass jetzt an der Nordseite angebaut wird. Hammerschläge und Motorsägengeheul vermischen sich mit dem Stimmengewirr.

Mitarbeiter schwirren durch den Laden und füllen die Regale genauso schnell wieder auf, wie die Kunden sie leerräumen. Doch die Leute sind zum Teil auch unzufrieden mit den Veränderungen. Sie beschweren sich über lange Schlangen an den Kassen, dass Produkte von einem Tag auf den anderen an einer anderen Stelle stehen und dass es viel zu lange dauert, das Nötigste zu finden.

„Ich suche jetzt schon seit einer halben Stunde Trockenfisch“, klagt Kata aus der Hausnummer elf, „und was glaubst du, wo ich ihn gefunden hab? Beim Gemüse!“

Margrét hält Ausschau nach den Kleiderständern, wo sie hofft, einen Gürtel zu finden. Doch die Ständer sind nicht mehr da, wo sie beim letzten Mal waren. Sie stößt mit Hauptkommissar Lárus zusammen, er fragt sie, wo das Ketchup stehe. Margrét hat keine Ahnung, denn sie kauft nie Ketchup. Das war vielleicht das Einzige, was Jóhann und sie gemeinsam hatten: Sie mochten beide kein Tomatenketchup, nachdem sie in Amerika erlebt hatten, dass es auf jedes Gericht gekippt wurde.

Der flinke Níels schießt in seinem Rollstuhl durch den Laden. Er ist hochzufrieden mit den Veränderungen. Der Bürgerentscheid brachte viel Gutes auf den Weg. Zum Beispiel, dass niemand mehr benachteiligt werden darf. Eine der beiden Parteien – welche es war, spielt gar keine Rolle – setzte sich dafür ein, dass alle an die Produkte im Supermarkt herankommen sollen. Die Forderung wurde umgesetzt, und jetzt sind die untersten Regale für diejenigen bestimmt, denen die obersten zu hoch sind. Níels muss niemanden mehr bitten, ihm etwas zu reichen, und kann jetzt fast alles, was er braucht, ohne fremde Hilfe einkaufen. Er saust mit einem Einkaufskorb auf dem Schoß durch die Regalreihen und füllt ihn in rasendem Tempo.

Ein Kind läuft Margrét zwischen die Beine, sodass sie fast hinfällt. Im letzten Moment kann sie sich an einem Regal festhalten. Kurz darauf kommt ein zweites Kind aus der entgegengesetzten Richtung angestürmt, gefolgt von der Mutter mit dem Einkaufswagen. Sie schnappt sich die Kinder und setzt sie in den Wagen. Es ist Gíslis und Sigríðurs Tochter Guðrún mit der kleinen Sigga und dem kleinen Gilli.

„Ach, du hast die Daunenjacke!", ruft sie fröhlich. „Die war mir zu klein geworden, deshalb hab ich sie Mama gegeben, aber der war sie zu groß. Gut, dass sie dir passt!"

Dann wird sie auf einmal ernst, wirkt nervös und fragt verlegen, ob ihre Mutter es Margrét schon erzählt habe.

„Was denn?"

„Nur dass du's weißt", sie schaut Margrét eindringlich an, „ich hatte keine andere Wahl, nicht solange die Kinder noch klein sind. Aber meine Zeit wird kommen!"

Dann hastet sie mit den Kindern im Einkaufswagen aus dem Supermarkt, ohne etwas eingekauft zu haben. Margrét blickt ihr irritiert hinterher. Was meinte sie damit? Sie wird doch wohl nicht schon wieder mit diesem

Waschlappen zusammen sein? Margrét schämt sich sofort dafür, dass sie so denkt und Guðrúns Mann, den sie gar nicht kennt und deshalb auch nicht verurteilen darf, so nennt, wie Gísli es immer tut. Falls es so sein sollte, muss er wohl etwas haben, das Guðrún sieht und andere nicht. Margrét kennt die Liebe zwar nicht aus eigener Erfahrung, aber sie kennt die Ehe. Über die Nähe und Initmität in einer Beziehung können sich Außenstehende kein Urteil erlauben. Jeder ist seines Unglückes Schmied, denkt Margrét und schüttelt den Kopf.

Am Ende findet sie einen Gürtel im Schreibwarenregal und stellt fest, dass ihre Lieblingsbleistifte wieder vorrätig sind. Sie nimmt ein paar Stück und legt sie in den Einkaufswagen. Jetzt hat sie alles, was sie braucht.

Die Anzahl der Kassen ist von einer auf drei erhöht worden, aber vor allen bilden sich lange Schlangen. Hauptkommissar Lárus hat sein Ketchup gefunden und stellt sich hinter Margrét an. Er schüttelt den Kopf, seufzt ungeduldig und zählt die Leute, die vor ihm in der Schlange stehen.

„Fünfzehn! Das bedeutet zwanzig Minuten Wartezeit!"

Er hat ausgerechnet, dass es durchschnittlich eine gute Minute pro Kunde dauert.

„Das sind kostbare zwanzig Minuten für einen arbeitenden Menschen, der nur eine Flasche Tomatenketchup braucht!"

Er wirkt müde und hat rotunterlaufene Augen. Er holt seine Geldbörse heraus und zählt mit zittrigen Händen die passende Summe ab, damit er schnell bezahlen kann, wenn er an der Reihe ist.

„Wie laufen die Ermittlungen?“, fragt Margrét.

„Die Ermittlungen?”

„Wegen der toten Wissenschaftlerin. Du meintest doch, die Leiche würde obduziert und …”

„Stopp!” Er hält die Hand hoch wie ein Verkehrspolizist, der den Gegenverkehr bremsen will. „Ich kann mich nicht zu etwas äußern, das noch untersucht wird. Das ist vertraulich.” Er blickt sich hektisch um und legt den Finger auf die Lippen.

Aber es ist zu spät. Vor ihnen in der Schlange steht eine Frau in einem schwarzen Kapuzenpullover, die Kapuze halb ins Gesicht gezogen, das Handy gezückt. Hat sie etwa aufgenommen, was hinter ihr gesagt wurde? Als sie an der Reihe ist, zieht sie einen Stoffbeutel aus der Tasche, packt ihre Waren ein, bezahlt und hastet aus dem Supermarkt.

STJARNA STEINS
TOD EINER WISSENSCHAFTLERIN

Man wies mich die Treppe hinunter und nach rechts, dann gelangte ich zu einer Tür mit dem Schild *Obduktionsraum*. Ich klopfte an, wartete einen Moment und ging dann hinein.

„Hallo, ist da wer?“, rief ich in die Stille hinein. Ich machte einen Schritt zurück und wollte gerade wieder hinausgehen, als eine heisere Stimme direkt hinter mir sagte:

„Kann ich Ihnen helfen?“

Ich erschrak und drehte mich blitzschnell um. Der Mann musste sich von hinten angeschlichen haben. Er trug einen weißen Arztkittel und hatte schwarze, glatte, halblange Haare. Ich entschuldigte mich und sagte, auf mein Anklopfen habe niemand reagiert und die Tür sei nicht abgeschlossen gewesen. Als er mich fragte, ob ich mir sicher sei, dass ich hier richtig wäre, entgegnete ich, ob das nicht der Obduktionsraum sei.

„Was wollen Sie?“

„Sind Sie der Pathologe?“

„Rechtsmediziner.“

Sein Seufzen gab mir unmissverständlich zu erkennen, dass er nicht zum ersten Mal seine Berufsbezeichnung klarstellen musste. Ich erklärte ihm, ich hätte die Information erhalten, dass er kürzlich eine Frau obduziert habe, die bei einem Autounfall ums Leben gekommen sei.

„Ich habe schon viele Frauen obduziert, die bei Autounfällen ums Leben gekommen sind. Viel zu viele, und auch Männer. Soll ich Sie auch obduzieren, falls sie verunglücken?“

Er lachte kalt. Dann wurde er plötzlich wieder ernst. Trotz seines Sarkasmus nahm ich eine gewisse Traurigkeit und Hilflosigkeit an ihm wahr. Schweigend gab ich ihm meine Visitenkarte. Er nahm sie entgegen und musterte sie.

„Stjarna … Stern. Ein schöner Name.“

Er steckte die Visitenkarte in die Brusttasche seines Kittels.

„Ich hatte mal eine Stute, die hieß Stjarna.“

„Darf ich den Obduktionsbericht einsehen?“

„Tut mir leid, sie wurde nicht obduziert, ich habe sie gegessen, also die Stute!“ Er lachte wieder sein überzogenes Lachen. Als er sah, dass ich keine Miene verzog, hörte er genauso plötzlich wieder auf wie beim ersten Mal.

„Das war nur ein Witz.“

Er ging zu einem Schreibtisch, der in der Mitte des Raums stand, nahm ein zerfleddertes Buch und blätterte darin. Währenddessen schaute ich mich um. Der Tisch und ein Schreibtischstuhl waren die einzigen Möbel. Ich überlegte, wo er wohl die Leichen obduzierte. Gegenüber vom Eingang war eine schwarz gestrichene Tür. Vielleicht war er mitten in einer Obduktion gewesen und ich hatte ihn dabei gestört. Ich suchte nach Blutflecken oder anderen Spuren auf seinem Kittel, aber der war schneeweiß und makellos. Dann musterte ich das

Buch, in dem er blätterte. Es hatte handschriftliche Einträge und erinnerte mich an die früheren Ausleihlisten in Büchereien.

„Wie heißt … oder besser gesagt, wie hieß die Leiche? Oder besser gesagt, wie hieß die Person, bevor sie eine Leiche wurde?"

Ich nannte ihm den Namen. Er wiederholte ihn und fuhr mit dem Finger über die Seiten.

„Wann ist sie geboren?"

„Sie wurde zweiunddreißig Jahre alt."

„Passt! Ich habe kürzlich eine Leiche mit diesem Namen obduziert."

Er klappte das Buch zu, kehrte mir den Rücken zu und ging zu der schwarzen Tür. Ich räusperte mich. Er blieb stehen, drehte sich um und schaute mich fragend an.

„Registrieren Sie Ihre Kunden wirklich in diesem alten handgeschriebenen Buch?", wechselte ich das Thema, in der Hoffnung, ihn aufhalten zu können.

Wieder seufzte er, als wäre ihm diese Frage schon oft gestellt worden.

„Die Welt ändert sich zwar ständig, aber der Mensch ändert sich nicht und der menschliche Körper noch weniger. Wir obduzieren hier Leichen, so wie es schon immer gemacht wurde. Wir schreiben unsere Berichte und führen unsere Akten so, wie es schon immer gemacht wurde. Außerdem ist es höchst fragwürdig, von Kunden zu sprechen, wenn es um Leichen geht."

„Kann ich den Obduktionsbericht einsehen?"

Er musterte mich schweigend. Als ich meine Frage gerade wiederholen wollte, kam er mir zuvor: „Sorry."

„Sorry?"

„Nicht möglich."

„Nicht möglich?"

„Der Fall wird noch untersucht."

„Ich untersuche ihn. Ich habe die Befugnis dazu, wie Sie meiner Visitenkarte entnehmen können. Stjarna Steins, Privatermittlerin."

„Die Polizei untersucht den Fall."

„Wollen Sie damit sagen, dass etwas Verdächtiges herausgekommen ist?"

„Es ist nicht an mir, das zu beurteilen. Wir machen unsere Arbeit, schreiben unsere Berichte und schicken Sie an die zuständige Polizeibehörde. Die entscheiden dann alles Weitere. Wir dürfen uns nicht zu einzelnen Fällen äußern. Auf Wiedersehen."

Er drehte mir wieder den Rücken zu und ging weiter auf die schwarze Tür zu.

„Darf ich Ihnen noch eine Frage allgemeiner Art stellen? Dabei geht es nicht um diesen speziellen Fall", rief ich ihm hinterher.

Er blieb stehen.

„Nehmen wir mal an, ein Auto stürzt mit einer Person darin von einer Felsklippe, fällt in eine tiefe Schlucht, prallt auf ein steiles Geröllfeld, überschlägt sich mehrmals und landet schließlich auf dem Dach, Totalschaden, und die Person stirbt natürlich …"

„Sie starb nicht im Auto …", unterbrach er mich.

20. KRISTJÁN RICHTER FINDET NICHTS

Margrét geht an diesem Tag früh zur Arbeit. Sie kommt gern früh, ist aber nicht die Erste. Kristján Richter ist schon da. Er sitzt an seinem Schreibtisch, das Gesicht in den Händen vergraben. Margrét erschrickt – er wird doch wohl nicht weinen? Leise schleicht sie an seiner Tür vorbei. Sie möchte nicht, dass er merkt, dass sie ihn in diesem Zustand gesehen hat. Männer wollen nicht beim Weinen ertappt werden. Sie geht in ihr Büro, setzt sich an den Schreibtisch, fährt den Computer hoch und legt wie immer ihre erste Patience. Aber sie kann sich nicht darauf konzentrieren. Was Kristján Richter wohl bedrückt? Ob er seine Frau vermisst? Sie hört Geräusche aus seinem Büro … ein unterdrücktes Röcheln. Womöglich ist er krank. Sie muss nach ihm schauen! Immerhin ist er ihr Chef, und sie kann ihn nicht einfach sterben lassen, ohne wenigstens versucht zu haben, ihm zu helfen. Sie eilt durch den Flur in sein Büro. Kristján liegt vornüber auf dem Tisch, mit geschlossenen Augen, und atmet tief und gleichmäßig. Er schläft! Sie betrachtet ihn eine Weile, aber er scheint ihre Anwesenheit zu spüren, öffnet die Augen, richtet sich auf und schaut sich verwirrt um. Margrét wünscht ihm fröhlich guten Morgen. Er gähnt, reckt sich und braucht einen Moment, um sich zu orientieren.

„Wie spät ist es? Ich muss den IT-Mann anrufen." Er sucht zwischen den Papierstapeln auf seinem Schreibtisch nach dem Telefon.

Margrét sagt ihm, dass es erst sieben Uhr ist.

„Ich muss eingeschlafen sein. Gut, dass Sie da sind, vielleicht können Sie mir helfen." Er erzählt ihr, er könne das Erdbebengutachten nicht finden, das Agnes für das Selvík-Gebiet angefertigt habe. Er habe die ganze Nacht danach gesucht. Agnes könne es doch nicht einfach gelöscht, nicht alles vernichtet haben, woran sie im letzten Jahr arbeitete. Auf Grundlage ihres Gutachtens sei die Erlaubnis für das Siliziumwerk an genau dieser Stelle erteilt worden.

„Und es ist unauffindbar. Weder im Ministerium noch in den Akten des Industrieausschusses."

Kristján versteht das nicht und kann sich am ehesten vorstellen, dass ein Computervirus oder sogar ein terroristischer Anschlag dahintersteckt. Er kratzt sich am Kopf und blickt sie mit ratlosem Gesichtsausdruck an.

„Das ist nicht gut", sagt Margrét und hofft, dass er sie nicht darum bittet, nach irgendwelchen Dateien zu suchen, deren Inhalt sie nicht versteht.

„Sei's drum!", sagt er und steht auf. „Ich brauche einen Kaffee. Unten an der Ecke hat ein neues Café aufgemacht, kommen Sie mit?"

21. EINBRECHER

Sie waren am Abend bei einem Fest der Mitarbeitervereinigung des Siliziumwerks und sind gerade eingeschlafen, als Sigríður hochschreckt. Sie bleibt still liegen, starrt in die schwarze Finsternis und lauscht. Was war das für ein Geräusch? Jetzt hört sie wieder etwas. Sie stößt Gísli mit dem Ellbogen an. Er wacht auf, doch bevor er etwas sagen kann, legt sie ihm die Hand auf den Mund.

„Ich hab was gehört, da ist jemand", flüstert sie ihm ins Ohr.

„Das ist bestimmt nur die Mieterin, die aufs Klo geht", flüstert er zurück.

In diesem Moment hören sie beide ein undefinierbares Geräusch, ein Kratzen, das von der Terrasse zu kommen scheint, als würde sich jemand am Fenster zu schaffen machen. Einbrecher! Sie setzen sich abrupt auf, Gísli steigt aus dem Bett und schleicht zur Schlafzimmertür, die nur angelehnt ist.

„Nimm irgendwas mit", wispert Sigríður.

„Ha?", wispert er zurück.

„Eine Waffe!"

Ihre Augen haben sich ein wenig an die Dunkelheit gewöhnt, sie ertastet einen spitzen Gegenstand auf dem Boden.

„Fang!"

Zum Glück fängt Gísli den Gegenstand auf, gleichzeitig wird ihr klar, dass es einer ihrer hochhackigen Pumps ist. Ihr wird auch klar, dass Gísli splitternackt ist. Sie tastet nach seiner Unterhose und findet sie zusammengeknüllt am Fußende.

„Zieh die an!" Doch da ist er schon aus dem Raum.

Sigríður lauscht angespannt, hört keinen Laut, nur

die Stille. Sie tastet nach ihrem Nachthemd, findet es nicht, aber ihr Morgenmantel hängt an einem Haken hinter der Tür. Dann hört sie Schreie, die aus dem Wohnzimmer zu kommen scheinen. Sie erstarrt. Wieder Rufe und Schreie, Sigríður kann zwei Stimmen ausmachen, eine schrille und Gíslis. Dann Schnaufen und Stöhnen. Sie schnappt sich den zweiten Stöckelschuh, rennt zur Wohnzimmertür und tastet nach dem Lichtschalter.

„Gib auf!“, kreischt die schrille Stimme im selben Moment, als das Licht angeht.

Der Anblick, der sich Sigríður bietet, ist so albern, dass sie losprusten muss und den Schuh fallen lässt. Sie versucht, das Lachen zu unterdrücken, indem sie sich mit beiden Händen den Mund zuhält. Die Mieterin Sigurlína sitzt rittlings auf Gíslis Bauch und drückt seine Arme über seinem Kopf auf den Boden. Von ihrer Kopfhaut tropft Blut auf sein Gesicht. Der Stöckelschuh hat sich in der Kapuze ihres Pullovers verfangen.

„Ach, du bist das!“

Als Sigurlína aufspringt, bedeckt Sigríður schnell Gíslis Blöße mit der Tischdecke.

„Warum überfällst du mich und schlägst mich mit einem Hammer?“, jammert die Mieterin.

„Das war kein Hammer“, beeilt sich Sigríður zu sagen, „das war mein Schuh. Warum zum Teufel kletterst du durchs Fenster?“

„Ich hab meinen Schlüssel vergessen.“

„Wäre es nicht einfacher gewesen, an der Haustür zu klingeln?!“

Gísli wischt sich mit einem Zipfel der Tischdecke die Augen ab, steht auf und schlingt sich die Tischdecke um die Hüften. Er schaut Sigurlína irritiert an und bringt kein Wort heraus. Da sieht Sigríður auf einmal das Papier, das überall im Wohnzimmer verstreut liegt, doch als sie die Blätter aufheben will, hechtet Sigurlína auf sie zu.

„Lass das liegen! Das ist meins!"

Hastig sammelt sie die Blätter ein. Auf dem Weg aus dem Wohnzimmer reißt sie den Schuh aus ihrer Kapuze, schleudert ihn auf den Boden und schnauzt: „Wie kann man darin nur gehen?!" Dann ist sie weg.

„Ich fasse es nicht!"

Gísli ist immer noch baff und starrt Sigurlína hinterher.

„Wie hat sie es geschafft, mich zu niederzuringen, dieses mickrige Persönchen!"

Sigríður schaut zu ihrem Mann. Als sie sein gerötetes Gesicht und seinen nackten Oberkörper sieht, die Tischdecke um die Hüften geschlungen, wird ihr ganz heiß. Sexy wie ein alter Grieche. Sie geht zu ihm, legt ihm die Arme um den Hals, stellt sich auf die Zehenspitzen und gibt ihm einen langen Kuss.

„Lass uns wieder ins Bett gehen."

Er hebt sie hoch und trägt sie ins Schlafzimmer.

22. DER KRIMINALTECHNIKER

Der flinke Níels hat mehrere Jobs. Eine Zeitlang erledigte er Botengänge für die Gemeindeverwaltung, danach arbeitete er beim Pflegedienst und neuerdings ist er Bote für die Bauunternehmen auf der Baustelle auf Klettahöfði. Am allerliebsten arbeitet er jedoch als Kriminaltechniker für die Polizei. Wobei das nur ein Teilzeitjob ist, denn der Bedarf für einen Techniker, der Fotos macht, Fingerabdrücke und Gewebeproben nimmt und Abhörgeräte und Sicherheitskameras installiert, ist in einem Ort wie Selvík vergleichsweise gering. Doch heute kommt er von einem solchen Einsatz.

„Ich muss dir was erzählen", ist das Erste, was er sagt, als er in Margréts Haus kommt. Auch wenn Jóhann tot ist, erzählt er ihr weiterhin Geschichten.

„Letzte Nacht wurde auf der Polizeiwache eingebrochen!"

Níels weiß sehr wohl, dass er über Fälle, die noch untersucht werden, nicht reden darf und als Kriminaltechniker an die Schweigepflicht gebunden ist. Aber Margrét kann man vertrauen, da ist er sich sicher.

„Lárus ist gar nicht so dumm, wie er aussieht", sagt er, nachdem Margrét ihm Kaffee und eine Zimtschnecke serviert hat.

„Er weiß, was er tut. Vor guten Fachleuten ziehe ich den Hut, er hat genau richtig reagiert."

Níels beißt in die Zimtschnecke und hebt die Augenbrauen. „Hm, sehr lecker, wo hast du die her? Bestimmt nicht bei uns aus dem Laden. Ich hab noch nie eine so gute Zimtschnecke gegessen."

„Erzähl weiter", fordert Margrét ihn auf, „wie hat Lárus auf was reagiert?"

Níels kaut mit vollem Mund, und Margrét wartet geduldig, bis er die Zimtschnecke, die sie im Laden in Selvík gekauft hat, runtergeschluckt und mit Kaffee nachgespült hat.

„Na, als er den Einbruch entdeckt hat!"

Dann berichtet er ihr haarklein von seinem Einsatz.

Lárus merkte sofort, was los war, als er am Morgen die Tür zur Polizeiwache aufschloss. Die Gardinen, die vom Frauenverein genäht und am Wohltätigkeitstag aufgehängt worden waren, flatterten nämlich heftig im Wind, als er die Tür öffnete. Lárus wusste, was zu tun war. Er trat nicht über die Türschwelle, um keine Beweise zu vernichten, sondern rief sofort den flinken Níels an und wartete vor der Polizeiwache auf ihn. Sie rührten nichts an, bevor sie nicht alle Spuren fotografiert hatten.

„Ich zeig's dir mal." Níels greift in seine Brusttasche und holt etwas heraus, das Margrét auf den ersten Blick wie ein normales Mobiltelefon vorkommt, aber Níels erklärt ihr, es handele sich um eine spezielle Kamera für Ermittlungs- und Spionagearbeit, eine der ausgefeiltesten Kameras überhaupt. Der Junggesellenverein habe Geld dafür gesammelt und sie der Polizeiwache am Wohltätigkeitstag übergeben, und als Kriminaltechniker befinde sie sich in seiner Obhut. Er schaltet das Display ein und zeigt es ihr.

„Was glaubst du, was das ist?"

Margrét muss erst ihre Brille aufsetzen. „Das sind Fußabdrücke", sagt Margrét.

„Haargenau, Fußabdrücke. Mit der Kamera erkennt man sie viel besser als mit bloßen Augen."

„Worauf hatte er es abgesehen?"

„Guter Punkt. Der Einbrecher wusste es sehr genau."

Níels klickt die Fotos durch und erläutert dabei die Geschehnisse: „Also, er schreitet ohne Zögern zur Tat. Zuerst löst er von außen die Fensterscheibe aus dem Rahmen und lehnt sie an die Hauswand, dann klettert er auf die Fensterbank, springt geschmeidig auf den Boden …"

„Moment mal, woher weißt du, dass er geschmeidig springt?", fällt Margrét ihm ins Wort.

„Na ja, schau mal, er kommt mit beiden Füßen gleichzeitig auf, zwanzig Zentimeter neben der Heizung, die hier unter dem Fenster steht. Er macht keine Schritte zur Seite und bleibt nicht stehen. Siehst du, wohin die Schritte führen?"

„Zu dem grünen Aktenschrank."

„Genau", bestätigt Níels, „hier bleibt der Einbrecher kurz stehen, und hier dreht er sich um und geht denselben Weg zurück zum Fenster."

Mehr Fotos gibt es nicht, und Níels steckt die Kamera wichtigtuerisch wieder ein.

„Aber dann macht er einen Fehler! Er verwischt seine Spuren nicht. Laut Maßstab der Kamera sind sie 25 Zentimeter lang, was Schuhgröße 39 entspricht, das habe ich gegoogelt. Eine ziemlich kleine Schuhgröße für einen Mann, der Einbrecher ist also eher schmächtig."

„Oder eine mittelgroße Frau", wirft Margrét ein.

„Welche Frau würde denn in eine Polizeiwache einbrechen!", feixt Níels angesichts dieser Absurdität.

„Und was hat er gestohlen?"

„Das weiß ich nicht."

„Das weißt du nicht?" Sie schaut ihn verwundert an. „Ist das nicht die Hauptsache?"

„Das geht mich nichts an", entgegnet er, „ich bin Kriminaltechniker, nehme Fingerabdrücke, fotografiere und so weiter. In letzter Zeit installiere ich allerdings hauptsächlich Alarmanlagen und Sicherheitskameras. Du brauchst unbedingt eine Alarmanlage, alle kaufen Alarmanlagen, seit es so viele Zugezogene im Ort gibt."

„Aber es fehlt noch etwas Wichtiges."

„Okay, sag's mir einfach", erwidert Níels großspurig, „ich kümmere mich darum."

„Es fehlt der Kern der Geschichte."

23. SIGRÍÐUR REISST DER GEDULDSFADEN

Es ist nicht ganz einfach, die Blutflecken aus dem Perserteppich zu kriegen. Sigríður ist schon den ganzen Morgen damit beschäftigt, trotz der gestrigen Party. Jetzt ist es fast Mittag, und sie muss um drei Uhr zur Nachmittagsschicht.

Solche Teppiche muss man vorsichtig behandeln und darf nicht irgendein Reinigungsmittel verwenden. Normale Seife würde das alte Gewebe kaputtmachen, unabhängig davon, ob es sich um einen echten Perserteppich oder ein billiges Imitat handelt. Aus Erfahrung weiß sie, dass traditionelle Haushaltstipps meistens am besten funktionieren. Und natürlich gibt es auch einen für Blut auf dem Teppich: Man gebe zehn Teelöffel Salz auf einen Liter Wasser und bürste den Blutfleck mit einer weichen Bürste aus. Sollte das nicht reichen, füge man Natron hinzu und lasse den Fleck eine halbe Stunde einweichen.

Wie ist menschliches Blut eigentlich beschaffen?, fragt sie sich, und dann fällt ihr auf einmal Vibba ein, die Kassiererin. Wenn jemand weiß, wie man Blutflecken aus einem Teppich kriegt, dann sie.

„Ich nehme immer Waschmittel mit Enzymen, wenn ich Blutflecken auf dem Teppich habe“, erklärt Vibba.

Sigríður will zu dem Regal mit den Reinigungsmitteln gehen, aber es steht nicht mehr neben der Fleischtheke wie beim letzten Mal.

„Wir mussten die Fleischtheke wegen der Schweinshaxen vergrößern”, sagt Vibba, „die Chinesen sind ganz verrückt danach.“

Momentan wird Vibba an der Kasse gebraucht, aber sie gibt Sigríður lautstark Anweisungen:

„Hinten rechts in der Ecke, ja, im mittleren Regal, nein, nicht das … die blaue Sprühflasche links neben der rosa Flasche, äh, ich meinte rechts. Ja, die!”

Die Gebrauchsanweisung ist auf Englisch, aber das spielt keine Rolle, denn selbst wenn sie auf Isländisch wäre, könnte Sigríður sie nicht lesen, weil die Schrift winzig klein ist.

„Erst schüttelst du die Flasche kräftig, dann sprühst du das Zeug aus zehn Zentimetern Abstand auf den Teppich, lässt es zwanzig Minuten einwirken und saugst es anschließend weg“, brüllt Vibba durch den ganzen Laden. Sie arbeitet schon seit Ewigkeiten hier.

Als Sigríður wieder zu Hause ist, sprüht sie das Waschmittel mit den Enzymen gleichmäßig auf den Fleck. Der federleichte Schaum sieht aus wie frisch gefallener Schnee. Sie beobachtet, wie der Schaum sich ausbreitet und seine Farbe verändert: weiß – hellrosa – rosa – hellrot – blutrot. Dann sind zwanzig Minuten vergangen. Sie holt den Staubsauger und saugt den Schaum weg. Perfekt! Die Flecken sind verschwunden. Sigríður geht in die Hocke und inspiziert den Teppich noch einmal genau. Plötzlich stößt sie einen entsetzten Schrei aus und springt auf.

„Sorry, nicht erschrecken.“

Die Stimme scheint von unter dem Sofa zu kommen.

„Was machst du da? Warum versteckst du dich hinter dem Sofa? Spionierst du mir nach?“

„Ich hab’s gefunden!“

Sigurlína steht auf und hält ein Blatt Papier in der Hand. „Das war noch unter dem Sofa, von letzter Nacht.“

Sie setzt sich auf den Chefsessel, auf dem Gísli immer sitzt, wenn er das Gemeindeblatt liest. Der Sessel ist mehrere Nummern zu groß für die zierliche Frau, die fast in ihm verschwindet. Sie sieht aus wie ein kleines Kind mit ihren abstehenden Ohren, den kugelrunden Augen und den kurzen Haaren. Ein großes Pflaster klebt mitten auf ihrem Kopf. Sigríður hatte sich vorgenommen, nach der Mieterin zu schauen, bevor sie zur Arbeit geht, die Wunde zu untersuchen und Sigurlína vielleicht zum Arzt zu fahren, falls sie genäht werden muss, was in Anbetracht des vielen Bluts, das sie verloren hat, nicht unwahrscheinlich ist. Sigríður fühlt sich gewissermaßen verantwortlich für den Vorfall, immerhin hat Gísli ihr die Wunde mit ihrem Schuh zugefügt. Aber jetzt hat sie keine Lust mehr, freundlich zu Sigurlína zu sein. Sie ist stinksauer.

„Mir reicht's langsam, Sigurlína!"

Ihre Stimme zittert.

Sigurlína starrt auf das Blatt und hebt noch nicht einmal den Kopf.

„Mir ist … uns ist es sehr unangenehm, dass du hier wohnst. Du …"

„Haha, der beherrscht überhaupt keine Rechtschreibung!"

„Hör mir zu, Sigurlína!"

Endlich schaut sie auf. „Hast du was gesagt?"

Sigríður will die Wut und alles andere, was in ihr brodelt, seit diese Mieterin eingezogen ist, in Worte fassen.

„Der Mann kann wirklich nicht schreiben", fährt

Sigurlína ungerührt fort. „Vertraulich mit „sch“! Wer nimmt denn so jemanden ernst?“

„Wir können dir das Zimmer nicht länger vermieten“, sagt Sigríður, „hiermit kündige ich dir, du kannst nicht länger hier wohnen … das funktioniert einfach nicht.”

Nachdem sie erst einmal angefangen hat, kann sie nicht mehr aufhören: „Du schleichst dich nachts wie eine Diebin ins Haus. Kletterst durchs Fenster! Was willst du hier eigentlich? Wir dachten, du wolltest im Siliziumwerk arbeiten, aber du hängst den ganzen Tag in unserem Wohnzimmer rum! Sitzt in Gíslis Sessel, und er kann seine Zeitung nicht mehr lesen, du machst … und außerdem … außerdem.“

Sigríður hat den Faden verloren und muss noch einmal neu anfangen: „Wir können dich einfach nicht länger beherbergen. Hast du das gehört?“

„Post mortem“, liest Sigurlína vor.

Sigríður ist fassungslos. Mit der Frau kann man überhaupt nicht reden. Sie nimmt den Staubsauger und geht aus dem Wohnzimmer. Als sie in der Küche steht, hört sie Sigurlínas Lachen, erst im Wohnzimmer, dann im Flur, und es folgt ihr den ganzen Weg aus dem Haus.

24. DER KERN DER GESCHICHTE

Zum zweiten Mal am selben Tag klopft Níels an Margréts Tür.

„Ich hab den Kern der Geschichte!", ruft er, während er ins Haus rollt. Als er sieht, dass der Kuchenteller mit den Zimtschnecken noch auf dem Küchentisch steht, ist er hellauf begeistert. Er wartet, bis Margrét ihm eine neue Tasse Kaffee eingeschenkt hat.

„Ich kam gerade an Sæbakki vorbei, und da sah ich eine Frau aus dem Haus kommen, die vor sich hin kicherte. Ich hatte sie vor ein paar Tagen schon mal im Supermarkt gesehen. Sie hatte sich die Kapuze tief ins Gesicht gezogen. So was nervt mich immer, weil ich das Gefühl hab, dass die Person was zu verbergen hat. Sie kam nicht an das oberste Regal, deshalb wies ich sie darauf hin, dass die allermeisten Produkte auch im untersten Regal stehen, aber sie wollte unbedingt was aus dem obersten, und dann kam Lárus zufällig vorbei und gab es ihr."

„Das muss Sigurlína gewesen sein, Sigríðurs und Gíslis Mieterin", sagt Margrét und schiebt Níels den Kuchenteller mit den Zimtschnecken zu.

„Ach, du kennst sie?", fragt er und reckt sich nach dem Teller.

„Nein, gar nicht, aber Sigga hat mir von ihr erzählt, oder besser gesagt, über sie geklagt."

„Eine Frau in so einem Kapuzenpulli muss ja unmöglich sein."

Er beißt in die Zimtschnecke und kaut genüsslich.

„Erzähl weiter!", sagt Margrét gespannt, aber Níels will sich die Geschichte aufsparen, solange noch Zimtschnecken da sind, und trinkt erst mal einen Schluck Kaffee.

„Sie hatte, wie gesagt, die Kapuze auf, und ich bemerkte, dass ihre Füße beim Laufen nach außen zeigen. Das ist wichtig, merk dir das! Deshalb bin ich ihr gefolgt, obwohl ich eigentlich in die entgegengesetzte Richtung musste. Ich hielt ein paar Meter Abstand, aber sie drehte sich kein einziges Mal um, lief immer weiter und schwenkte die ganze Zeit ein Blatt Papier, wie ein kleines Mädchen, das mit einem Geldschein zum Kiosk läuft. Aber sie ging nicht zum Kiosk, sondern in das Café an der Kreuzung, das neu eröffnet hat. Ich war noch nie dort, hatte aber gehört, dass es behindertengerecht ist. Ich kam ungefähr eine Minute nach ihr rein und sah sie ganz hinten allein an einem Sechs-Personen-Tisch sitzen. Alle anderen Tische waren besetzt, ich war hin- und hergerissen, ob ich mich zwischen den vielen Stühlen durchschlängeln sollte. Ich hatte mir ja noch nicht mal überlegt, wie ich sie ansprechen könnte. Aber dann rückten die anderen Gäste zur Seite, und ich hatte keine Wahl. Sie hob noch nicht mal den Kopf, als ich kam. Sie fotografierte gerade mit ihrem Handy das besagte Blatt, das sie in der Hand gehabt hatte. Dann betrachtete sie das Foto auf dem Handy, schaute auf und starrte mit träumerischem Blick vor sich hin, wie eine Dichterin, die eine Eingebung hat. Als ich sie höflich fragte, ob an ihrem Tisch noch etwas frei sei, nickte sie nur geistesabwesend, deshalb blieb ich einfach, winkte dem Kellner und bestellte einen Kaffee. Als er zwei Tassen vor uns abstellte, riss er sie aus ihren Gedanken, und sie sagte ihm ausdrücklich, er solle zwei Rechnungen bringen."

„Du meintest, ihre Füße würden beim Laufen nach außen zeigen, das sei wichtig."

Margrét will endlich den Kern der Geschichte hören.

„Warte", lenkt Níels ein, „erst muss ich dir noch von dem Blatt erzählen, das sie dabei hatte. Es lag vor ihr auf dem Tisch. Ich sah sofort, dass es ein offizielles Formular war, und als Mitarbeiter der Polizei interessieren mich alle Formulare. Ich beugte mich unauffällig vor. Vertraulisch stand in der rechten Ecke, vertraulich mit „sch" geschrieben. Ich hatte ja die Spezialkamera dabei, holte sie unauffällig raus und versteckte sie in meiner Hand. Dann stieß ich absichtlich meine Tasse um, und bei der anschließenden Hektik fotografierte ich das Formular, kurz bevor die Frau aufsprang, das Blatt an sich riss, damit es nicht mit Kaffee bekleckert wurde, und zur Tür stürmte. Und jetzt kommt der Kern. Guck mal!"

Er zeigt Margrét das Kameradisplay. „Siehst du die Fußspuren?"

Margrét starrt auf das Display, viel zu lange für Níels' Geschmack.

„Siehst du die Fußspuren?", insistiert er ungeduldig.

„Ich sehe keine Fußspuren", antwortet sie und schaut weiter auf das Display. „Ich sehe nur ein ausgefülltes Formular."

„Ups, ich wollte dir nicht den Bericht zeigen, das darf ich gar nicht, sondern dieses Foto." Er wischt zurück, bis er das richtige Foto findet. „Was siehst du?", fragt er und gibt sich selbst die Antwort: „Die Fußabdrücke auf dem Boden der Polizeiwache zeigen nach außen!"

25. MARGRÉT UND KRISTJÁN AUF EXKURSION

Es ist ein kalter Wintertag und schon fast Mittag, als Margrét endlich auf dem Parkplatz vor dem Geowissenschaftlichen Institut hält. Sie seufzt erleichtert und dankt ihrem treuen Cadillac dafür, dass er sie bei starkem Glatteis und heftigem Schneegestöber wohlbehalten über die Schlucht und anschließend über die Hochheide gebracht hat. Der Schnee fiel stellenweise so dicht, dass man den nächsten Leitpfosten nicht sehen konnte, und die normalerweise einstündige Fahrt dauerte viel länger als sonst. Margrét ist auch ein klein wenig stolz, dass sie es ohne Zwischenfälle geschafft hat, und fühlt sich ziemlich gut. Als sie in den Flur kommt, sieht sie Kristján in seinem Büro am Schreibtisch sitzen. Er ruft sofort nach ihr, als hätte er auf sie gewartet, zeigt auf seinen Computerbildschirm und sagt mit leicht zitternder Stimme:

„Hier ist die Erklärung."

Lieber Kristján,

ich habe das Gutachten für das Selvík-Gebiet noch einmal überarbeitet. Seit ich die neuen Messgeräte benutze, sind mir zunehmende seismische Aktivitäten aufgefallen, die auf gewisse Veränderungen hindeuten. Ich würde dir das gern zeigen, bevor ich es öffentlich mache. Andererseits glaube ich, dass ich nicht länger warten kann und den Entscheidungsträgern ein revidiertes Erdbebengutachten prä-

sentieren sollte. Deshalb habe ich morgen in Selvík ein Meeting mit dem Bürgermeister und dem Siliziumausschuss.

Soeben erfuhr ich, dass die Beerdigung deiner Frau am selben Tag stattfindet wie das Meeting. Ich weiß, dass du eine schwierige Zeit hinter und vor dir hast, deshalb möchte ich dich nicht damit behelligen und habe diese Mail so eingestellt, dass du sie erst am Montag bekommst. Länger sollten wir meiner Ansicht nach aber nicht mit der Veröffentlichung warten. Ich habe das alte Gutachten gelöscht und die gedruckten Exemplare vernichten lassen.

Bis Montag, dann zeige ich dir die neue Studie.

Agnes

„Es ist genau sechs Monate her, seit sie diese Mail geschrieben hat. Sie hat den Versandzeitpunkt versehentlich auf sechs Monate anstatt auf sechs Tage eingestellt! Jetzt ist sie tot, aber wo ist die neue Studie?"

Dann springt er unvermittelt von seinem Schreibtischstuhl auf und greift nach seinem Anorak.

„Gehen wir!"

„Wohin?"

Doch da ist er schon hinausgestürmt, und Margrét bleibt nichts anderes übrig, als ihm zu folgen. Er marschiert geradewegs zu einem Lieferwagen mit Institutslogo, der auf dem Parkplatz steht. Margrét will ihn fragen, wohin sie fahren, aber er gibt ihr keine Chance, treibt sie zur Eile an, steigt ins Auto und lässt den Motor an. Sie hat die Beifahrertür noch nicht ganz zugemacht, da braust er schon los.

Das Auto hat nur zwei Plätze, einen Fahrer- und einen Beifahrersitz, und ist hinten umgebaut mit Regalbrettern und Schubladen für diverse Geräte und Werkzeuge für geologische Untersuchungen. Margrét ist froh, dass Kristján sie nicht gebeten hat zu fahren, denn bis auf das Fahrschulauto ist sie bislang nur mit ihrem eigenen Auto gefahren.

Es ist kurz vor eins, als sie losfahren, das Wetter soll sich im Lauf des Tages weiter verschlechtern. Kristján fährt schweigend aus der Stadt, tief in Gedanken versunken. Margrét weiß immer noch nicht, wohin die Fahrt gehen soll und was er vorhat, aber sie möchte möglichst wenige Fragen stellen, damit sie nicht auffliegt. Trotzdem hat sie das Gefühl, etwas sagen zu müssen, denn es herrscht eine angespannte Stille. Nervös versucht sie, sich ein Gesprächsthema aus den Fingern zu saugen. Als sie einen Blick über die Schulter auf das Werkzeugregal wirft, entdeckt sie darin unter anderem eine Säge.

„Aha, du hast die Säge mitgenommen", sagt sie, „gut, dass du daran gedacht hast."

„Die Säge? Willst du was sägen?"

Er wirft ihr einen skeptischen Blick zu, und sie weiß nicht, was sie antworten soll.

„Na ja … äh … man weiß ja nie", stammelt sie und hätte sich am liebsten selbst geohrfeigt.

„Was willst du denn sägen?"

Sie überhört die Frage einfach und schaut aus dem Fenster auf die Esja, die vor ihnen im Norden aufragt.

„Was ist das für ein Berg?“, fragt sie und schämt sich sofort, denn natürlich kennt jeder die Esja.

„Was das für ein Berg ist?“, entgegnet er und mustert sie forschend, nur ganz kurz, denn er muss sich auf die Straße konzentrieren.

„Tja, was für ein Berg könnte das wohl sein?“, sagt er lachend.

Sie fahren weiter und Margrét stellt fest, dass sie auf die Straße Richtung Osten abbiegen, dieselbe Straße, auf der sie vor einer Stunde in die Stadt gekommen ist. Wenn sie das gewusst hätte, hätte sie ihr eigenes Auto genommen. Doch auf der Hochheide ist sie froh, dass sie es nicht gemacht hat. Die Straßenverhältnisse haben sich deutlich verschlechtert. Obwohl der Wagen des Instituts Spikereifen und Allradantrieb hat, gerät er auf dem Glatteis ins Schleudern. Stellenweise gibt es Schneeverwehungen, durch die Kristján langsam hindurchpflügt. Margrét durchbricht die Stille erneut:

„Liest du Krimis?“

„Krimis?“, wiederholt er und scheint über die Frage nachzudenken. „Jedenfalls kann ich dir sagen, Margrét, dass ich mich in den letzten sechs Monaten, seit ich zurück auf der Arbeit bin, wie eine Person in einem Krimi fühle.“

Margrét sagt erst einmal nichts mehr. Sie haben die Hochheide hinter sich gelassen, und kurz bevor sie zur Ófærugjá kommen, fährt Kristján plötzlich an den Straßenrand und schaltet den Motor aus.

„Hier installiere ich einen Seismometer. Das liegt

zwar außerhalb des Gebiets, ist aber nicht schlecht zum Vergleich. Oder was meinst du? Ist das unnötig?"

Margrét überlegt fieberhaft. Das Einfachste wäre, ihm zuzustimmen, aber nicht zu euphorisch.

„Ist das wirklich nötig? Obwohl, doch, es wäre schon gut, eine Vergleichsmessung zu haben."

Er steigt aus, öffnet die Heckklappe und holt einen blauen putzeimergroßen Zylinder, eine Schaufel und eine Brechstange heraus. Dann weist er sie an, im Auto zu warten, während er das Loch gräbt, sie könne anschließend das nächste übernehmen. Margrét bleibt sitzen und beobachtet genau, was er tut. Zuerst rammt er die Brechstange in den Boden, schaut sich um, geht zu einer anderen Stelle und rammt sie dort in den Boden, geht wieder woandershin und stochert eine Weile in der Erde. Dann kommt er zurück zum Auto.

„Hier ist kein Felsboden", sagt er und steigt wieder ein. Er reckt sich nach einer aufgerollten Karte in einem der hinteren Regale und breitet sie auf dem Armaturenbrett aus. Geologische Karte steht in der linken oberen Ecke.

„Mal sehen", sagt er, „was hältst du von dieser Stelle? Die ist nicht weit, auf der anderen Straßenseite."

Er zeigt auf einen schwarzen Fleck auf der Karte.

„Hm", sagt sie nachdenklich, „ja, oder vielleicht besser diese." Sie tippt auf einen weißen Fleck daneben.

„Im Wasser?!"

Er hebt den Kopf und schaut sie verwundert an. „Das hab ich noch nie gehört! Habt ihr das bei euch so gemacht? Mit was für Messgeräten? Wir benutzen dafür Ozeanboden-Seismometer."

„Wahrscheinlich hast du recht, die Stelle ist besser", lenkt sie ein und tippt auf den schwarzen Fleck. Kristján steigt wieder aus, peilt die Stelle auf der anderen Straßenseite an und rammt die Brechstange in den Boden. Das Geräusch, als sie auf Fels stößt, hört man bis ins Auto. Er schaut zu ihr und hebt den Daumen. Margrét beobachtet genau, wie er das Loch gräbt. Dann nimmt er das Messgerät, stellt es testweise in das Loch, macht noch zwei Spatenstiche, platziert es endgültig und drückt die Erde drumherum gut fest.

Als er wieder im Auto sitzt, greift er ins Handschuhfach, holt ein Gerät heraus, das aussieht wie eine Fernsteuerung für einen Fernseher, und drückt auf eine Taste.

„Was machst du jetzt?", fragt Margrét, merkt aber sofort, dass sie sich auf dünnem Eis bewegt. Sie sollte sich die Fragen lieber verkneifen.

„Ich suche die Koordinaten, wo ich den Seismometer platziert habe. Das ist ein GPS-Gerät. Kennst du dich damit nicht aus?"

Er schaut sie irritiert an.

„Klar, ein GPS! Natürlich kenne ich mich damit aus. Im Ausland sehen die nur anders aus."

Sie fahren weiter über die Schlucht und biegen dann rechts ab zum Baugelände. Dort läuft die Arbeit auf Hochtouren, Baustellenfahrzeuge brausen hin und her, über ihnen schwingen die Baukräne ihre Arme wie Dirigenten. Kristján war nicht mehr hier, seit die Bautätigkeiten begonnen haben. Gebannt lässt er den Blick über das Gelände schweifen.

„So weit sind die schon! Wann haben sie eigentlich angefangen?“

„Sie fingen an, als ich … äh, sie fingen an dem Tag nach der Beerdigung meines Mannes an.“

Fast wäre ihr rausgerutscht, sie hätten an dem Tag angefangen, als sie vierzehn Hemden bügelte.

„Das geht ja in einem Affenzahn!“

„Es sind mehrere chinesische Arbeitstrupps hier“, sagt Margrét, die nicht viel über die Bautätigkeiten weiß, nur das, was Sigríður ihr erzählt hat.

„Allein letzte Woche haben sie zwei Hallen hochgezogen. Es soll auch einen Kindergarten für die Kinder der Angestellten geben.“

Margrét kann Sigríðurs Stimme aus ihrer eigenen heraushören. Sie spricht schon wie ihre Freundin, obwohl sie weder Kinder noch Enkelkinder hat und nicht selbst betroffen ist. Um objektiver zu klingen, fügt sie hinzu: „Dieses Versprechen gab den Ausschlag beim Bürgerentscheid. Das müssen sie einhalten.“

Sie fahren weiter, an dem Baugelände vorbei und eine steinige Piste hinauf. Margrét kann sich nicht erinnern, jemals so weit auf die Landspitze hinausgefahren zu sein, zumal das Kap als gefährlich gilt und man sich bei Sturm nicht hier aufhalten soll. Die alte Geschichte über eine Mutter und ihren Sohn, die vor hundert Jahren von einem Wirbelwind aufs Meer hinausgefegt wurden, gruselt die Leute noch heute. Der Junge war zu weit auf die

Landspitze hinausgelaufen. Augenzeugen beobachteten, wie die Mutter ihm nachlief, doch als sie ihn eingeholt und in die Arme geschlossen hatte, wurden sie beide von einem Wirbelwind erfasst und in die Luft geschleudert. Sie verschwanden in der Schwärze und wurden nie mehr gesehen.

Als sie am Ende der Piste angelangt sind, schaltet Kristján den Motor aus, lässt aber die Scheinwerfer an, damit sie genug sehen können, denn es hat zu schneien begonnen und das Schneetreiben wird immer dichter. Er nimmt die Karte und inspiziert sie. Dann blickt er Margrét unvermittelt an:

„Was machen wir hier eigentlich, Margrét?“

Das ist genau die Frage, über die Margrét schon die ganze Zeit nachgrübelt, die sie sich aber nicht getraut hat, zu stellen. Er spricht weiter: „Wozu sollen wir ein neues Erdbebengutachten erstellen, wenn die Bautätigkeiten schon so weit fortgeschritten sind.“

„Aber wir wollen rausfinden, was Agnes bei ihrer letzten Untersuchung entdeckt hat, mit den neuen Messgeräten, oder?“

„Stimmt, du hast recht!“ Er inspiziert weiter die Karte. „Wir brauchen drei Seismometer hier auf dem Gelände. Wo würdest du sie platzieren?“

„Was hältst du von dieser Stelle?“

Sie zeigt willkürlich irgendwo auf die Karte und erzielt einen Glückstreffer. Es ist genau der Punkt, den Kristján sich für das erste Messgerät überlegt hat. Margréts Selbstvertrauen steigt und sie verkündet, sie werde jetzt graben.

Sie schwingt sich aus dem Auto, will den Seismometer in die eine und die Brechstange und die Schaufel in die andere Hand nehmen, aber das Werkzeug ist wesentlich schwerer, als sie dachte. Also lässt sie es liegen und marschiert nur mit dem Seismometer los. Aber wohin? Sie hat zwar auf der Karte den richtigen Punkt getroffen, aber in der freien Natur ist das nicht so einfach, auch wenn die Autoscheinwerfer den Bereich eingrenzen. Sie wirft einen Blick zurück, um zu überprüfen, ob Kristján ihr grinsend hinterher sieht. Womöglich durchschaut er sie. Doch als sie, vom Scheinwerferlicht geblendet, stehen bleibt, taucht er plötzlich mit dem Werkzeug in dem Lichtstrahl auf. Wortlos nimmt er ihr den Seismometer ab und stapft entschlossen weiter, allerdings nicht weit, denn die Stelle befindet sich unmittelbar vor ihnen.

Margrét besteht darauf, dass er sich wieder ins Auto setzt, sie sei jetzt an der Reihe, sie müsse sich ein bisschen bewegen, das tue ihr gut nach der langen Sitzerei im Wagen. Das wirkt, und er steigt wieder ein. Margrét nimmt die Brechstange, will es genau so machen wie er, bekommt die Stange nicht richtig hoch, nimmt all ihre Kraft zusammen und rammt sie in den Boden. Sie trifft auf Fels. Triumphierend blinzelt sie ins Scheinwerferlicht und reckt den Daumen. Dann beginnt sie zu graben. Mit Mühe schafft sie zwei Spatenstiche, aber dann steht Kristján auf einmal neben ihr und nimmt ihr die Schaufel aus der Hand.

„Am besten grabe ich den Seismometer ein, setz du dich ins Auto und gib die Koordinaten ein.“

Sie muss zugeben, dass es sich gut anfühlt, wieder im geheizten Auto zu sitzen, ihr war draußen ziemlich kalt geworden. Sie befingert das GPS-Gerät, ohne einen blassen Schimmer, wie man Koordinaten eingibt. Sie weiß noch nicht einmal, was Koordinaten sind. Deshalb tut sie gar nichts.

Die Zeit vergeht. Kristján ist immer noch draußen, er hat aufgehört zu graben, kniet auf dem kalten Boden und stochert im Schnee, steht dann auf und geht mit großen Schritten ein paar Meter zu einem bestimmten Punkt, so als würde er die Entfernung abmessen. Dann kniet er sich wieder hin, stochert im Schnee, steht auf und geht zum nächsten Punkt.

Margrét schaltet das Radio ein. In der Wettervorhersage wird vor einer weiteren Verschlechterung des Wetters gewarnt. Sie steigt aus und eilt zu Kristján.

„Komm mal mit", sagt er, nimmt ihre Hand und führt sie entschlossen zu einer Stelle. „Was siehst du hier?"

Sie beugt sich zu einem Messgerät hinunter, das schon eine Zeitlang dort gestanden haben muss.

„Das ist ein Messgerät, genau wie die, die wir dabei haben", sagt sie, als sie sich wieder aufrichtet. Sie muss brüllen, damit er sie durch den pfeifenden Wind hören kann. Er nimmt wieder ihre Hand, führt sie zu einem weiteren Messgerät und dann zu einem dritten.

In diesem Moment bricht der Sturm mit voller Wucht über sie herein. Bis auf das Licht der Autoscheinwerfer ist nichts mehr zu sehen. Sie orientieren sich an dem Licht und gehen darauf zu, aneinander festgekrallt, damit sie nicht auf das Meer hinausgeweht werden. Sie stemmen sich gegen den Sturm und schaffen es schließlich zum Auto.

„Die Seismometer laufen alle", japst er, als sie im Wagen sitzen.

Im Verkehrsfunk im Radio wird durchgesagt, dass alle Passstraßen gesperrt sind und man möglichst zu Hause bleiben soll.

Sie rollen im Schneckentempo los, das Schneetreiben ist so dicht, dass man stellenweise keinen Meter weit sehen kann. Häufig müssen sie anhalten und können erst weiterfahren, wenn es für eine Sekunde aufklart. Sie haben keine Ahnung, ob sie in die richtige Richtung fahren, man erkennt keine Orientierungspunkte mehr, noch nicht einmal die Lichter von Selvík. Dann ragt urplötzlich vor ihnen etwas auf. Eine Felswand? Kristján tritt auf die Bremse, und sie schauen entsetzt durch die Windschutzscheibe.

„Was ist das?", stößt Kristján hervor. Margrét erkennt es als Erste: „Das ist ein Baukran!"

Der riesige Baukran, auf den Margrét und die Einwohner von Selvík in den letzten Monaten geblickt haben, liegt quer über der Straße. Ihnen wird klar, dass sie erst einmal nicht weiterkommen.

Die Zeit vergeht, und das Wetter wird immer schlimmer.

Wenn man die untersten Regalschubladen hinten im Auto herauszieht, entstehen zwei Betten, oder ein

Doppelbett, je nachdem, wie man es sehen möchte. Sie erhitzen Wasser aus einem Kanister, kochen Kaffee und chinesische Nudeln, die sich nach drei Minuten in siedendem Wasser in eine schmackhafte Mahlzeit verwandeln. In den Schubladen finden sie noch allerlei Essbares, Konservendosen, getrocknetes Obst, Müsliriegel und Trockenfisch.

Sie machen es sich in Schlafsäcken auf Isomatten gemütlich und starren an die Decke. Das Auto wird vom Schneesturm geschüttelt. Margrét hat noch nie neben einem anderen Mann als Jóhann gelegen.

„Ein Meteorit steuert auf die Erde zu“, sagt Kristján neben ihr.

„Siehst du das durchs Autodach?“, fragt sie zurück und ärgert sich sofort, weil sie sich in Gegenwart dieses Mannes immer so töricht verhält.

„Das wird innerhalb der nächsten sechzig Jahren passieren.“

„Sechzig Jahre, dann sind wir längst tot!“

Das war auch kein besserer Kommentar zu dem Thema, denkt Margrét.

„Nach neuesten Berichten der Raumfahrtstationen besteht eine genauso große Wahrscheinlichkeit, dass er auf der Erde landet wie dass er daran vorbeifliegt.“

Sie beschließt, das nicht weiter zu kommentieren, und lauscht dem Sturm.

„Bist du eingeschlafen?“

„Nein, ich denke darüber nach, was du über den Meteoriten gesagt hast.“

„Sag mal“, fragt er neugierig und dreht sich zu ihr, „was würdest du tun, wenn du wüsstest, dass das Ende der Welt bevorsteht?“

Sie spürt seine Wärme. Kristjan ist so groß, dass sein Schlafsack nicht ganz zugeht, und ihr wird warm von seinem Atem. Sie starrt weiter an die Decke.

„Wenn es sich nicht verhindern lässt, dass der Meteorit auf die Erde prallt, würde ich lieber so wenig wie möglich darüber wissen, am besten gar nichts, anstatt in den nächsten sechzig Jahren jeden Tag zu befürchten, dass die Welt untergeht. Und was würdest du tun?“

Die Antwort sind die schweren Atemzüge eines schlafenden Mannes.

26. LÜGEN HABEN KURZE BEINE

Margrét sitzt vor dem Computer in ihrem Büro im Geowissenschaftlichen Institut. Sie soll einen Bericht über die Exkursion schreiben. Während sie sich den Kopf darüber zerbricht, wie sie sich davor drücken kann, legt sie Patience. Auf einmal steht Kristján in der Tür. Schnell verdeckt sie die Patience mit einer Word-Datei und tut so, als wäre sie in die Arbeit vertieft, wie es sich für eine echte Wissenschaftlerin gehört. Er sagt kein Wort, bleibt einfach im Türrahmen stehen. Sie blickt nicht auf, spürt aber, dass er sie ansieht, und je länger er das tut, desto schneller sausen ihre Finger über die Tastatur.

„Wie lautet dein Vatername, Margrét?“, fragt er

schließlich. Sie hebt den Kopf und schaut in sein ratloses Gesicht.

„Äh … Guðmundsdóttir … warum fragst du?“

„Also nicht Björgvinsdóttir?”

„Nein, wie gesagt, mein Vater hieß Guðmundur und war Schuldirektor …”

„Du hast mir erzählt, du wärst verheiratet, oder besser gesagt, du hättest deinen Mann gerade verloren.”

„Ja, das stimmt. Ich bin Witwe.“

Margrét ist beunruhigt, als sie Kristjáns finstere Miene sieht.

„Ach, Margrét, warum hast du mich angelogen und behauptet, du hießest Björgvinsdóttir?“

„Das habe ich nie gesagt!“

„Warum hast du mir vorgelogen, du hättest einen Mann?“

„Ich hatte einen Mann!“

Er hat ein Buch in der Hand und beginnt, darin zu blättern.

„Ich bin zufällig in der Bibliothek auf dieses Buch hier gestoßen, das *Personenregister der isländischen Geowissenschaften.*“

Er verstummt und fixiert sie.

„Und?“

Sie spürt, wie ihr Herz hämmert.

„Hier steht, dass die Geowissenschaftlerin Margrét Björgvinsdóttir unverheiratet ist und einen erwachsenen Sohn hat. Und das Foto könnte dir nicht unähnlicher sein. Schau’s dir an.“

Er legt das Buch vor sie auf den Schreibtisch.

„Aber das ist eine andere Margrét!", ruft sie verzweifelt.

Sie sind beide erschrocken. Margrét, weil sie beim Lügen erwischt wurde, und Kristján, weil er dahintergekommen ist, dass eine Person, der er vertraut hat, sich als Lügnerin und Betrügerin entpuppt.

Sie starren einander bestürzt an, bis er auf dem Absatz kehrtmacht, erst aus dem Büro stürmt und dann aus dem Gebäude. Sie läuft ihm hinterher und fleht ihn mit tränenerstickter Stimme an, ihr zuzuhören. Er ignoriert sie und steuert auf den Spazierweg zu, der vom Institut zu dem benachbarten Park führt. Das Wetter war in den letzten Tagen ungewöhnlich gut. Nach dem Sturm bei der Exkursion setzte eine Schönwetterperiode ein, und heute ist es frühlingshaft.

Margrét ist wütend auf sich selbst. Sie wusste, dass sie früher oder später auffliegen würde, sie wollte das Missverständnis längst richtiggestellt haben. Oder vielmehr den Betrug.

Sie holt Kristján ein, und sie gehen nebeneinander her. Margrét weiß nicht, wo sie anfangen soll. Sie wartet darauf, dass er etwas sagt, aber erst als sie den mit Büschen bewachsenen Hang hinaufgestiegen sind, durchbricht er die Stille.

„Du hast mich enttäuscht, Margrét Guðmundsdóttir. Wahnsinnig enttäuscht. Ich habe dir geglaubt. Ich habe geglaubt, dass du die Person bist, die du zu sein behauptet hast. Wie konntest du nur …"

„Bitte hör mir zu“, lenkt sie ein, „es war ein Missverständnis … ich dachte, ich würde als Putzkraft eingestellt.“

„Als Putzkraft! Aber du kanntest das Nanoplatten-Phänomen, das kennen hierzulande außer Agnes und mir nicht viele. Du hast es mit einem Fels in der Brandung verglichen! Das werde ich nie vergessen, in diesem Moment habe ich es selber viel besser verstanden. Deshalb habe ich dich sofort eingestellt!“

Er nimmt ihre Hand und führt sie zu einer Bank am Spazierweg. Sie schüttet ihm ihr Herz aus – allerdings nicht ganz. Sie erzählt ihm nicht, warum sie sich auf die Putzstelle beworben hat. Sie erzählt ihm nicht, dass Sólas Beinbruch ihre Schuld war. Sie erzählt ihm von Jóhann, von seiner Krankheit und seinem Todeskampf, aber nicht, wie dieser zu Ende ging. Sie schüttet ihm ihr Herz aus, aber sie erzählt ihm nicht alles.

„Ich weiß, dass du mich wegen vorsätzlicher Täuschung anzeigen kannst, und ich bekenne mich schuldig“, sagt Margrét und steht auf.

Er steht ebenfalls auf.

„Ich werde dich vermissen“, sagt er.

Sie vermeiden es, einander anzuschauen. Ohne sich voneinander zu verabschieden, gehen sie los, in entgegengesetzte Richtungen.

27. MARGRÉT GEHT ZUR ÄRZTIN

Sigríður macht sich Sorgen um Margrét. Sie sieht schlecht aus, ist blass und still und hat definitiv abgenommen. Sigríður spricht sie darauf an und fragt sie unumwunden, was los sei. Erst will Margrét nichts sagen und spielt die Sache herunter. Doch Sigríður lässt sich nicht beirren und betont, wenn man in ihrem Alter so stark abnehme, stimme etwas nicht. Vielleicht sei dieser vorübergehende Putzjob in Reykjavík zu viel für sie gewesen.

Da Sigríður Margrét am nächsten steht, erzählt sie ihrer Freundin schließlich von den Schwindelattacken, die sie immer öfter heimsuchen, dass sie schlecht schläft und keinen Appetit hat.

Sigríður reagiert sofort, nimmt das Telefon und ruft beim Gesundheitszentrum an. Margrét protestiert, aber Sigríður ignoriert es und macht einen Arzttermin für sie aus.

Tief im Inneren ist Margrét ihr dankbar dafür, dass sie die Initiative ergriffen hat. Sie macht sich inzwischen selbst ernsthafte Sorgen. Nach der Unwetternacht im Auto und ihrem letzten Kontakt zu Kristján ist ein Unwohlsein hinzugekommen, das sich schwer lokalisieren lässt und sich in ihrem ganzen Körper auszubreiten scheint.

Die Ärztin löchert sie und stellt ihr auch alle möglichen Fragen, die nichts mit Medizin zu tun haben, beispielsweise, ob sie sich beim Autofahren anschnalle und was ihre Lieblingsfarbe sei. Die Schwindelattacken interessieren sie besonders, sie will wissen, ob sie zu bestimmten Tageszeiten oder auch im Schlaf kommen. Margrét sagt, sie wisse nicht, ob sie im Schlaf kommen, es sei auch kein direkter Schwindel, eher eine Art schwindelloser Schwindel, der im Kopf beginne und sich bis ins Herz ziehe. Die Ärztin kann sich keinen Reim darauf machen, sodass mehrere Wochen verschiedenster Untersuchungen folgen.

„Alle Tests sind gut ausgefallen", resümiert sie, „Ihr Blutdruck ist perfekt, Ihr Herz schlägt normal, und Ihre Verdauung ist in Ordnung." Sie schickt sie zu Spezialisten für Herz- und Gehirnerkrankungen. Da das EKG nichts Auffälliges zeigt, legt man den Fokus auf ihren Kopf. Als auch beim MRT nichts herauskommt, wird sie nach Dänemark zu einer PET-Untersuchung geschickt und anschließend sofort zurück nach Island, wo sie im Krankenhaus zur Beobachtung bleibt.

Es vergeht ein ganzer Monat. Die Ärztin tritt mit nachdenklichem Gesichtsausdruck an Margréts Bett. Sie hält ihr die Hand, während sie ihr die Diagnose mitteilt:

„Nachdem wir die Ergebnisse des Neurologen und des Nuklearmediziners erhalten und abgeglichen haben, lässt sich kein medizinischer Zusammenhang zwischen den Anfällen herstellen. Allerdings lassen Ihre Erzählungen auf eine andere Situation schließen, bei der es sich eher um einen Zustand als um eine Krankheit handelt. Dann senkt sie beinahe verlegen die Stimme und sagt:

„Margrét, kann es sein, dass Sie verliebt sind."

28. SIGRÍÐURS TRAUM

Was machte er, während sie zu Hause saß und wartete und wartete?

Sigríður schreckt mit dieser Frage auf den Lippen aus dem Schlaf hoch und ist sofort hellwach. Gísli schläft tief und fest neben ihr, so wie jede Nacht seit siebenunddreißig Jahren. Was aber machte er in dem Jahr, als sie keinen Kontakt hatten und er dann urplötzlich mit dem Perserteppich vor der Tür stand? Warum hat sie ihn oder sich selbst das nie gefragt? Warum ist Gísli in letzter Zeit so geistesabwesend? Warum schaut er sie so an, irgendwie schuldbewusst? Als wollte er etwas sagen, macht es dann aber doch nicht. Warum insistiert sie nicht? Warum möchte sie es nicht wissen? Was wollte er ihr sagen an dem Tag, als Sigurlína sich in ihr Haus drängte? Sigríður wird sofort sauer, wenn sie an die Mieterin denkt. Aber die Wut verfliegt wieder, als ihr der junge Bauer in Hólar durch den Kopf geht, Ástvaldur Ástvaldsson. Worüber sprachen Gísli und er vor dem Gartentor nach der Versammlung im Gemeindehaus? Was machte Gísli in Hólar, als er vergangenen Sonntag mit dem Bulldozer hinfuhr? Wer ist dieser Ástvaldur? Vibba an der Kasse, die alles mitbekommt, hat ihr erzählt, er hätte auf den Kapverden gelebt, habe dort Familie, eine Frau und zwei kleine Kinder.

Der Mann neben ihr dreht sich auf den Rücken und fängt an zu schnarchen. Da trifft es sie wie der Blitz. Die Fragen, die ihr durch den Kopf gingen, vermischen sich und gipfeln in einer Antwort: Ástvaldur Ástvaldsson.

Natürlich! Ihr motorisches Nervensystem übernimmt die Kontrolle, und bevor sie weiß, wie ihr geschieht, ist sie aufgestanden und steht draußen auf der Straße. Es ist noch dunkel, trübe und ziemlich kalt. Sigríður trägt keine Socken in den Gummistiefeln und unter dem Mantel nur ein hauchdünnes Nachthemd. Sie geht schnell, es kommt ihr vor, als würde sie fliegen. Nach Hólar ist es nicht weit, zwanzig Minuten zu Fuß. Sein Jeep steht auf dem Hofplatz. Das Haus ist nicht abgeschlossen, im Flur sieht sie seine Schuhe. Die Männer haben dieselbe Schuhgröße. Sie lässt den Mantel über die Schultern gleiten und auf den Boden fallen und zieht die Gummistiefel aus. Trotz der Kälte ist ihr warm. Sie hört seine Atemzüge aus dem Zimmer neben dem Flur. Die Tür ist nur angelehnt, und sie schlüpft geräuschlos hinein. Ihre Augen brauchen einen Moment, um sich an die Dunkelheit zu gewöhnen, aber sie sieht ihn im Bett, er liegt auf der Seite, ihr zugewandt, eine Hand unter der Wange. Ganz vorsichtig hebt sie die Bettdecke, schmiegt sich hinein, dreht ihm den Rücken zu und rückt immer näher an ihn, bis sie auf einen Widerstand stößt und er ihren Körper spüren kann. Sie liegen wie zwei Löffel aneinandergekuschelt, sein Atem kitzelt sie in der Nackengrube.

STJARNA STEINS
TOD EINER WISSENSCHAFTLERIN

Jeder, der bei gesundem Menschenverstand ist, erkennt beim Lesen des Obduktionsberichts sofort, dass es sich um einen gewaltsam herbeigeführten Tod handelte. Deutlicher als in dem Bericht kann man es kaum formulieren. Warum gab es keine polizeilichen Ermittlungen?

Die Obduktion hat ergeben, dass die Frau an einer Kopfverletzung starb. Das Stirnbein wurde eingedrückt, an dieser Stelle ist der Schädel gebrochen. Nach genauerer Untersuchung weist vieles darauf hin, dass die Frau in ein Handgemenge verwickelt war. Zusätzlich zu den Kopfverletzungen hat sie einen Bluterguss am Hals, der von einem Würgegriff stammen kann, unter ihren Fingernägeln und zwischen ihren Zähnen finden sich Hautpartikel. Ihre linke Schulter ist geprellt und ihr linkes Schulterblatt gebrochen. Ausgehend von dem Bericht über die Situation am Unfallort ist anzunehmen, dass die Frau nicht im Auto starb, sondern bereits tot war, als das Auto von der Straße abkam und in die Schlucht stürzte. Die dabei aufgetretenen Verletzungen entstanden post mortem, d. h. nach dem Tode.

29. WO IST KRISTJÁN?

Als Margrét zum Geowissenschaftlichen Institut kommt, geht sie geradewegs in Kristjáns Büro. Auf seinem Stuhl sitzt ein junger, ihr unbekannter Mann und studiert ein Diagramm. Er schaut auf, als er sie bemerkt.

„Kann ich Ihnen helfen?"

Er trägt braune Schnürschuhe aus Leder.

„Eigentlich wollte ich zu Kristján."

Bevor er antworten kann, spürt sie, dass etwas nicht so ist, wie es sein sollte. Sie schaut sich im Raum um und sieht, dass der Schreibtisch bis auf einen Computer leer ist. Die Regale sind verschwunden, die Wände sind kahl, strahlend weiß und frisch gestrichen. Auf der Fensterbank steht eine Topfpflanze.

„Entschuldigung, ich hab mich im Zimmer geirrt."

Der junge Mann nickt verständnisvoll, lächelt ihr freundlich zu und vertieft sich dann wieder in das Diagramm.

Als Margrét aus dem Büro kommt, schwingt die gegenüberliegende Flurtür auf und Sóla kommt herein. Sie geht mit einem Stock und hinkt leicht. Die Frauen begrüßen sich überschwänglich, Margrét erkundigt sich sofort nach Sólas Bein.

„Danke der Nachfrage, es ist fast wieder heil."

Sie erklärt, sie habe noch leichte Schmerzen im Schienbein, dort wo es gerissen sei, aber sie könne schon wieder putzen.

„War das denn kein offener Bruch?“

„Nein, nein, es war, wie schon gesagt, nur ein kleiner Riss.“

Margrét fällt ein Stein vom Herzen, als sie das hört.

„Ich wollte zum Direktor, aber er war nicht in seinem Büro, oder besser gesagt, sein Büro ist nicht mehr am selben Platz.“

Sie wirft einen Blick über die Schulter zu dem jungen Mann am Schreibtisch und schaut Sóla verwirrt an. „Oder bin ich schon verkalkt?!“

„Ja, das ist eine traurige Sache.“

„Was denn?“ Margrét erschrickt. „Ist er …?“

„Er hat aufgehört.“

„Wie bitte? Ich meine Kristján Richter.“

„Ja, er hat gekündigt und ist weg“, Sóla senkt die Stimme, „und irgendein Knabe, der keine Ahnung hat, hat seinen Job übernommen.“

Flüsternd fügt sie hinzu, das Unglück im Institut nehme einfach kein Ende. Erst verlören sie Agnes bei einem Autounfall, dann werde dieser Knabe eingestellt als Ersatz für eine Mitarbeiterin, die vorgab, eine bekannte Wissenschaftlerin zu sein, sich dann aber als Betrügerin entpuppte.

„Als sie aufflog, wurde sie natürlich gefeuert. Und dann schmeißt Kristján auch noch überraschend nach vierzig Jahren erfolgreicher Arbeit das Handtuch!“

„War denn etwas vorgefallen?“, fragt Margrét zwischen Hoffen und Bangen.

Sóla kann sich keinen Reim auf Kristjáns Kündigung machen, und die anderen Institutsmitarbeiter auch nicht.

„Keiner versteht das! Er hat alle in die Kantine gerufen und verkündet, dass er aufhört. Dann hat er sich von allen mit Handschlag verabschiedet und ist gegangen. Wir waren total perplex!“

„Hat er das nicht erklärt?“

„Mit keinem Wort. Er packte seine persönlichen Sachen und war weg. Ich wusste gar nicht, dass ihr euch näher kennt?“

Erst jetzt bemerkt Sóla die rote Rose, die Margrét in der Hand hält. „Für wen ist denn die schöne Rose?“

„Für dich.“

Margrét gibt Sóla die Rose und eilt kommentarlos hinaus.

30. DIE ERÖFFNUNGSFEIER

Sigríður und Gísli freuen sich auf den Abend und unterhalten sich beim Frühstück über das Fest. Jón Bürgo hatte in den letzten Tagen alle Hände voll zu tun. Heute Abend findet die Eröffnungsfeier auf Klettahöfði statt. Morgen soll der erste Abschnitt des Siliziumwerks in Betrieb genommen werden – die Kantine und die erste von vier Elektrolysehallen. Neulich wurde in den Nachrichten berichtet, das Siliziumwerk werde, wenn alle Hallen fertiggestellt sind, das weltweit größte seiner Art sein. Das brachte den Bürgermeister auf die Idee, gleich noch einen weiteren Weltrekord zu brechen und für die weltweit längste Speisetafel ins Guinness Buch der Rekorde zu kommen. Als einer der größten Aktionäre der Fabrik war es ein Leichtes für ihn, von Smith die Genehmigung für das Fest zu bekommen. Er ließ einen langen Tisch bauen, der vom vorderen Giebel der Halle bis zum hinteren reicht und an dem über tausend Leute sitzen können.

Alle Einwohner der Gemeinde wurden zu Fleischsuppe eingeladen, alle Bauarbeiter und alle bereits beim Siliziumwerk Angestellten, alle Ausländer, alle Chinesen, alle Beteiligten, die Investoren und Mitglieder des Industrieausschusses und selbstverständlich die Industrieministerin und ihre Gattin.

Sigríður und Gísli haben sich ein bisschen Spaß wirklich verdient, nach all der Schufterei. Sigríður hat den Umzug der Kantine aus der Sporthalle in den neuen Speisesaal organisiert. Gísli war ständig auf den Beinen und hat bei allen möglichen Projekten letzte Hand angelegt. Er ist nicht nur Planierraupenfahrer, sondern wegen seines handwerklichen Geschicks auch Mann für alle Fälle. Als er heute in der Küche die Herde anschließen wollte, stellte er fest, dass es Gasherde sind. Er schaffte es, den Einkaufsleiter davon zu überzeugen, dass Elektroherde wesentlich besser geeignet seien, zumal es im Siliziumwerk reichlich Strom gebe, während Gas unnötige Zusatzkosten verursache. Gasherde eigneten sich viel besser für Outdoor-Events. Sigríður war genervt, als er massenweise Gasflaschen mit nach Hause brachte und in den Vorratsraum räumte. Die hätte er günstig bekommen, meinte er. Sie träumen schon lange davon, sich ein Wohnmobil zuzulegen und durch Island zu reisen, vielleicht sogar diesen Sommer.

„Dann brauchen wir jede Menge Gasflaschen“, sagte Gísli gut gelaunt, „jetzt, wo wir uns endlich ein Wohnmobil leisten können.“

Nun ist der Arbeitstag beendet, und sie wollen es sich nach dem ganzen Stress gutgehen lassen. Sigríður hat ihren schicken Mantel angezogen und wartet auf Gísli. Normalerweise ist es umgekehrt – wenn sie zu einer Party, einem Fest oder einer Veranstaltung gehen, dann ist es immer Gísli, der auf Sigríður wartet und sie antreibt.

„Ich hab schon den Mantel an!”, ruft sie nach ein paar Minuten: „Gísli! Es ist mir unangenehm, wenn wir zu spät kommen.“

Keine Antwort.

„Gísli! Sonst gehe ich schon mal vor. Gísli!“

Auf einmal steht Sigurlína neben ihr. Sigríður zuckt zusammen und wird dann sauer. Sie kann es nicht ausstehen, dass diese Frau sich ständig anzuschleichen scheint und sie erschreckt. Aber sie beherrscht sich und sagt langsam und ruhig, was sie der Mieterin schon vorher gesagt hat, dass sie sie nicht länger im Haus haben will, dass sie sich ein anderes Zimmer suchen soll, dass sie gehen muss.

„Bin schon dabei.”

„Was?“, fragt Sigríður baff. „Wann denn?“

„Jetzt. Ich hab ein Taxi gerufen, es ist schon unterwegs."

Da sieht Sigríður den Rucksack und den roten Koffer neben Sigurlína auf dem Boden stehen. Sie muss sich beherrschen, nicht vor Freude einen Luftsprung zu machen.

„Ich habe mein Projekt hier abgeschlossen, ihr werdet bestimmt davon in der Zeitung lesen. Dann könnt ihr damit prahlen, dass ich eure Mieterin war", sagt sie mit hämischer Miene. Ihre Gesichtszüge werden weicher, sie mustert Sigríður von oben bis unten und sagt anerkennend:

„Du bist aber schick! Ich hab dich noch nie so schick gesehen, gehst du zu einer Party? Darf ich mal sehen? Zieh doch mal den Mantel aus, was trägst du denn drunter?"

„Ich gehe zu einer Feier", entgegnet Sigríður etwas besänftigt, ärgert sich aber sofort über sich selbst, weil sie sich über das Kompliment von dieser Person freut, und entschuldigt sich hastig, sie müsse jetzt los.

„Was für ein Fest?"

„Die Eröffnungsfeier des Siliziumwerks", antwortet sie, und in diesem Moment taucht Gísli endlich auf.

„Was machst du denn so lange?", fragt sie verärgert.

„Ich hab noch an meiner Rede gefeilt."

„Was für eine Rede?"

„Wir Bulldozer-Jungs haben ausgelost, wer für uns sprechen soll, und ich hab den kürzesten Strohhalm gezogen. Wie findest du den Anfang?"

Er stellt sich in Positur, faltet die Hände vor dem Bauch, blickt an die Decke und verwandelt sich in Jón Bürgo:

„Verehrter Bürgermeister, liebe Nachbarn, Kolleginnen und Kollegen, Gönner des Siliziumwerks …"

„Gönner!" Sigurlína stößt ein sarkastisches Lachen aus. „Gegner wäre korrekter! Liebe Gegner! Das wäre ein brillanter Anfang."

„Was mischst du dich denn da ein!", schimpft Gísli, doch bevor er noch etwas sagen kann, fällt Sigríður ihm hastig ins Wort:

„Sie zieht aus, das Taxi ist schon unterwegs."

Im selben Moment hupt draußen auf der Straße ein Auto, und Sigurlína hastet hinaus.

„Schöne Grüße an die Partygäste!", ruft sie noch und lacht wieder ihr sarkastisches Lachen, das verstummt, als die Autotür zuschlägt und das Taxi losfährt.

„Was für ein schräger Vogel", sagt Gísli kopfschüttelnd. „Ist sie jetzt endgültig weg?"

„Ja, ist sie."

Sie stehen vor der Tür und schauen dem Taxi hinterher. Sigríður zückt den Hausschlüssel, steckt ihn dann aber wieder in die Tasche. „Sie ist weg", murmelt sie leise vor sich hin.

Dann machen sie sich auf den Weg, spazieren Hand in Hand hinaus zum Kap. Der Abend ist schön, der Himmel sternenklar und es herrscht absolute Windstille. Sie sind nicht die Einzigen, die zu Fuß gehen, von überall strömen die Menschen herbei. Alle sind gut gelaunt, fröhlich und aufgedreht, in dicken Mänteln und Winterstiefeln, die schicken Schuhe in Plastiktüten in der Hand. Flachmänner blitzen auf, werden herumgegeben und heben die Stimmung.

Das Programm soll mit der Rede des Bürgermeisters beginnen, deshalb hat es niemand eilig.

Obwohl Gísli und Sigríður Händchen halten, sind beide in ihre eigenen Gedanken vertieft. Gíslis Wangen sind vor Aufregung gerötet, weil er vor tausend Leuten eine Rede halten soll, und Sigríðurs Wangen sind gerötet wegen der Erinnerung an die leidenschaftliche Nacht, die ihr seit Tagen im Kopf herumspukt.

Sie liegen wie zwei Löffel aneinander gekuschelt, sein Atem kitzelt sie in der Nackengrube. Und sein Penis findet den Weg.

Der Bürgermeister steht immer noch am Redepult, als sie eintreffen. Seine Stimme dröhnt aus den Lautsprechern durch die Halle, zu laut, zu monoton, wie eine Stimme aus der Hölle.

Sigríður lässt den Blick durch den Saal schweifen und betrachtet den langen Tisch, den sie und ihr Team die ganze Woche gedeckt und geschmückt haben. Das ist garantiert der längste Tisch der Welt. Er ist schon fast vollbesetzt, doch zu Sigríðurs freudiger Überraschung wurden Ehrenplätze für sie reserviert, weil Gísli einer der Redner ist. Immer noch strömen Leute in die Halle, machen große Augen und stoßen beeindruckte Rufe aus.

„Wie lang der Tisch wohl ist? Ein Kilometer! Unglaublich!“

„Wie viele Leute können daran sitzen? Tausend! Nicht zu fassen!“

„Es ist mir eine große Freude …“, fährt Jón Bürgo fort, und die Leute stimmen mit ein, denn alle kennen seine Rede auswendig:

„… genau zu wissen, dass nun viele fleißige Hände kräftig zupacken können.“

Doch sie lassen ihn den Schlusssatz alleine sprechen:

„Und am Ende möchte ich meinem Namensvetter Präsident Jón Sigurðsson dafür danken, dass ich so bin, wie ich bin!“

Er prostet der Büste des Lieblingssohns der Nation zu, die auf einer Säule neben dem Redepult steht.

Da sieht Sigríður ihn hereinkommen. Sie weiß, dass er wegen ihr da ist und freut sich riesig. Nichts anderes auf der Welt würde ihn dazu bringen, bei dieser Eröffnungsfeier zu erscheinen. Sie sieht, dass er sie sieht. Sie schauen sich an. Seine strubbeligen Haare, die sie durchwühlt hat, sind noch strubbeliger. Sie beobachtet, wie er nach einem freien Platz Ausschau hält. Jemand zeigt auf einen Platz am Ende des Tischs bei der Küche. Gísli reckt sich nach der Wasserkaraffe, aber sie ist leer.

„Ich fülle sie auf“, sagt Sigríður und ist schon aufgestanden. Sie geht an dem langen Tisch entlang, unnötig nah an den Sitzenden vorbei, sodass sie nicht umhinkommt, den zu berühren, den sie berühren möchte. Sie betritt die Küche und lässt Wasser in die Karaffe laufen. Sie wusste es. Seine Arme umschlingen sie, und sie dreht sich halb herum, sie pressen ihre Lippen aufeinander, und ihre Zungen umspielen sich. Jetzt heißt es, keine Zeit zu verlieren, sie müssen sich beeilen. Sie greift nach seinem Gürtel und zieht ihn zu der freien Stelle, wo die Elektroherde hinkommen sollen. Dort schnallt sie seinen Gürtel auf. Keine wertvolle Sekunde wird vergeudet, jede Berührung, jede Bewegung ausgekostet. Sie wetteifern mit der Zeit, und sie wetteifern miteinander darum, zu geben und zu nehmen. Gleichauf stürzen sie von der Felskante, wie ein Wasserfall, der in die Tiefe stürzt. Dann treiben sie ins ruhige Wasser, wo sie am liebsten verharren würden, doch sie kommen zu sich und werden wieder sie selbst. Sie haben keine andere Wahl.

Danach, während sie Lippenstift aufträgt, betrachtet sie ihn im Spiegel, wie er sein Hemd in die Hose steckt. Er schließt den Gürtel, hebt den Kopf, und ihre Augen treffen sich. Doch bevor sie die Kontrolle verlieren und das Spiel wiederholen, gibt sie ihm ein Zeichen, dass er vorausgehen soll. Er nickt und geht los.

„Warte", sagt sie und geht zu ihm. Sie leckt an ihrem Finger und wischt ihm die Lippenstiftspuren von Hals und Kinn. Dann fährt sie ihm kurz durch die Haare, und er stiehlt ihr einen blitzschnellen Kuss, bevor er durch die Tür verschwindet. Sie geht zum Spülbecken, dreht den Wasserhahn zu und geht mit der Karaffe zurück in die Halle. Dort bricht gerade tosender Applaus aus, die Leute stehen von ihren Stühlen auf, pfeifen und rufen Bravo. Gísli verlässt das Redepult, und die Scheinwerfer folgen ihm unter dem Jubel der Gäste bis zum Tisch zu Sigríður.

„Wie war meine Rede?"

„Sie war fantastisch!"

Sie küsst ihn auf die Wange und lächelt geheimnisvoll, als sie an ihrem Finger leckt und den Lippenstift abwischt. Er ist ihr Mann.

Dann beginnt der Ball. Der lange Tisch wird beiseite geschoben, und die Halle verwandelt sich in ein tanzendes Menschenmeer. Sigríður und Gísli schweben gemeinsam über die Tanzfläche. Sie bewegen sich beim Tanzen genauso harmonisch wie im Leben, trotz der Fehltritte.

„Fandst du meine Rede wirklich gut?"

„Ja, ja, ja, ja! Wie oft soll ich dir das noch sagen? Sie war am allerbesten!"

„Besser als die Rede von Jón Bürgo?"

„Viel besser! Du warst am besten."

„Aber nicht besser als die Industrieministerin."

„Viel besser als sie."

Es ist spät in der Nacht, als sie sich auf den Heimweg machen, ausgelassen, glücklich und betrunken. Sie gehen Hand in Hand, rutschen immer wieder auf dem Glatteis aus, fangen sich gegenseitig auf und bewahren einander vorm Sturz.

„Das war super, fandst du nicht?"

Gísli hat ein breites Lächeln im Gesicht, seit er vom Redepult gestiegen ist.

„Ich glaube, ich hab mich nicht mehr so gut amüsiert, seit Kalli starb", entgegnet sie.

Damit hat sie es ausgesprochen. Gísli hat gehört, wie

sie es gesagt hat. Sie sagte, seit Kalli starb. Sie sagte nicht, seit Kalli verschwand. Jetzt kann sie ein neues Leben beginnen. Sie kann sich amüsieren und sie kann sagen, dass Kalli tot ist. Sie wird nicht mehr weinen, damit ist sie fertig. Kalli ist tot, sie weiß es, man wird ihn nie finden, sie weiß es. Sie kann in der Vergangenheit über ihn sprechen, sie kann sagen: „Ich hatte einen Sohn. Mein Kalli war erst zweiunddreißig, als er starb, nachdem er den höchsten Berg der Welt bestiegen hatte. Mein Kalli war einsneunzig groß."

Jetzt kann sie sich mit den Erinnerungen trösten. Sie erinnert sich, wie er von seiner ersten Turnstunde nach Hause kam und meinte, er sei jetzt groß und stark, und sie ihn bat, ihr seine Muskeln zu zeigen. Da schaute er sie verwundert an: „Das kann ich nicht, Mama, die sind doch unter der Haut!" Ihr wird innerlich ganz warm. Sie ist sehr reich, weil sie diese Erinnerungen besitzt. Niemand kann sie ihr wegnehmen. Die Wirklichkeit, die in den letzten Jahren vernebelt war, ist nun wieder klar, und sie sieht all die Leute, die auf dem Heimweg sind, genau wie Gísli und sie. Sie gehören dazu. Sie sind nicht die Einzigen, die einen Verlust erlitten haben. Auf gewisse Weise hat sie ihn zurückgewonnen, aber das wird sie Gísli niemals sagen. Ein Triumphgefühl überkommt sie. Sie hat sich gerächt. Sie sind quitt. Sie freut sich über die Launen des Lebens, über die Möglichkeit, die bitterste Enttäuschung in den süßesten Sieg zu verwandeln.

„Sieh mal, die Nordlichter!", ruft sie begeistert.

„Fandst du meine Rede wirklich am besten?", fragt

er neckisch, und sie lacht vergnügt. Sie spürt, dass ihr Leben jetzt in der richtigen Bahn laufen wird. Sie ist zufrieden.

Auf einmal hören sie eine Explosion. Die Leute bleiben abrupt stehen, drehen sich um und tauschen irritierte Blicke. Dann gibt es einen weitere, noch viel heftigere Explosion. Jemand ruft, da müsse ein Flugzeug abgestürzt sein. Die Leute drängen sich zusammen. Súla, die Deutsche, die als Jugendliche aus ihrem kriegsgeplagten Land floh, kommt angerannt, gefolgt von ihrem Mann, der wesentlich älter ist, fast hundert und dazu noch herzkrank, weshalb er kaum von der Stelle kommt. Súla ist sich sicher, dass das ein Luftangriff ist, sie kann sich gut an die Luftangriffe erinnern, obwohl sie damals noch ein Kind war.

„Der Krieg ist ausgebrochen!“, ruft sie in alle Richtungen und fordert die Leute auf, sich in Sicherheit zu bringen. Sirenengeheul kommt näher.

„Pass auf!“, brüllt Súla den Greis an. „Hast du die Feuerwehr nicht gehört? Die hätten dich fast überfahren!“

„Warum fährt dieses Feuerwehrauto auch mitten durch die Fußgänger?“, sagt der Alte erschrocken.

„Es brennt! Oberhalb vom Hafen!“, ruft jemand. Eine Gruppe Ausländer hastet an ihnen vorbei in Richtung der Containersiedlung, wo die chinesischen Arbeiter wohnen.

„Es ist die Kirche!“, schreit ein anderer.

„Nein, das ist nicht die Kirche“, rufen Sigríður und

Gísli gleichzeitig. Sigríður rennt los, Gísli folgt ihr und holt sie schnell ein. Kurz darauf bleiben sie stehen, es ist zwecklos. Sie können nichts anderes tun, als dazustehen, sich an den Händen zu halten und zuzusehen, wie ihr Haus abbrennt.

31. KRISTJÁN UND MARGRÉT IM RESTAURANT

Stunden zuvor, zur selben Zeit, als Sigríður und Gísli sich auf den Weg zur Einweihungsfeier machen, geht Margrét mit Kristján in der Stadt essen. Sie sitzen in einem kleinen, gemütlichen Restaurant in der Nähe des Parlamentsgebäudes. Es liegt im Souterrain, ist aber trotzdem hell. Der Kellner kommt an ihren Tisch, und Kristján bestellt für sie beide Ochsenbrust. Er fragt Margrét, was sie zum Dessert möchte, sie überlegt kurz und sagt dann, ein Dessert sei ihr zu viel, sie wolle nur Kaffee.

„Mit Cognac vielleicht?"

„Ja, warum nicht, man wird schließlich nicht jeden Tag zum Essen eingeladen."

„Und eine Flasche Rotwein des Hauses", ruft Kristján dem Kellner hinterher.

Margrét ist furchtbar verlegen. Sie treffen sich das erste Mal, seit sie aufgeflogen ist. Sie hat mehrmals versucht, ihm zu schreiben, wollte sich noch einmal bei ihm entschuldigen, hat ihre Mails dann aber doch immer gelöscht. Und heute Morgen rief er an und schien ihr nicht mehr böse zu sein. Sie hat ihn noch nie so schick und geschniegelt gesehen. Die dicken Haare hat er aus der Stirn gekämmt, er trägt ein dunkelblaues Cordjackett und ein rotes Hemd. Margrét überlegt, ob er es selbst gebügelt hat und verspürt einen Stich Eifersucht. Als sie sich vor dem Restaurant trafen, fiel ihr Blick auf seine Schuhe, die nicht glänzend poliert, sondern ganz normal waren, so wie er selbst. Die Direktorin der Hauswirtschaftsschule hatte ihren Schülerinnen immer eingetrichtert, bei einem Rendezvous mit einem Mann sollten sie stets zuerst auf seine Schuhe und dann in seine Augen schauen. Margrét fragt sich, ob Kristjáns Socken wohl auch heute Löcher haben oder ob nur eine Socke ein Loch hat und die andere nicht. Sie muss lachen. Er stimmt gutmütig mit ein und fragt dann, was denn so witzig sei. Sie sagt es ihm, und er lacht weiter, stutzt dann aber und fragt, ob sie über die löchrigen oder die unversehrten Socken lache.

„Über beide!", antwortet sie immer noch lachend, versucht aber, sich zu mäßigen, denn der Kellner ist zurück und schenkt ihnen Wein ein. Kristján blickt sie verschmitzt an.

„Du bist ja richtig vergnügt. Und was hältst du von meinem Hemd? Es ist ganz neu, ich habe es heute Morgen gekauft."

Margrét ist erleichtert, das zu hören, denn dann hat keine Frau es für ihn gebügelt, keine Frau, die ihre ganze Sorgfalt darauf verwendete, ihm einen Gefallen zu tun, keine Frau, die an ihn dachte, während sie sein Hemd bügelte. Er wartet auf eine Reaktion von ihr, aber sie schweigt.

„Und?“, sagt er schließlich. „Gibt‘s darüber nichts zu lachen?“

„Worüber?“

„Über mein Hemd … oder findest du das alte witziger, das diesmal nicht mitdurfte?“

Sie flirten und scherzen. Margrét hat noch nie so befreit gelacht. Ihr Lachen ist glucksend, während Kristján fast lautlos aus dem Bauch heraus lacht. Würde sich jemand die Aufnahme anhören, die die Frau im schwarzen Kapuzenpulli am übernächsten Tisch macht, würde er nur Margréts Lachen hören.

„Warum hast du so plötzlich beim Institut aufgehört?“ Das war ein abrupter Übergang. Kristján braucht etwas länger für diesen schnellen Themawechsel und muss erst nachdenken.

„Ich bin alt geworden.“

„Das ist doch nicht der Grund.“

„Sollen wir das wirklich aufwärmen?“

„Wurdest du bedroht?“

Kristján zuckt die Achseln und sagt nichts.

„Agnes hatte ein neues Erdbebengutachten geschrieben“, fährt sie ungerührt fort.

„Dieses Gutachten existiert nicht mehr. Es wurde nie veröffentlicht. Agnes ist tot. Keiner weiß von dem Gutachten.“

„Du weißt davon. Es könnte sogar Mord gewesen sein“, fügt Margrét zögernd hinzu.

„Das ist nicht mein Gebiet. Ich erforsche die Beschaffenheit der Erde."

„Aber dein Gebiet ist der Grund für einen möglichen Mord."

„Ach, Magga", sagt er zögernd, „ich darf dich doch Magga nennen, oder?"

„Alle nennen mich Magga."

„Ich bin inzwischen so alt, dass mir bewusst ist, dass nicht die Wissenschaft die Welt regiert, sondern Macht und Profit. Es geht immer nur ums Geld, ausländische Investoren, nationale Interessen. Welchen Einfluss hat da ein Erdbebengutachten?"

„Du hast mich gefragt, ob ich wissen will, dass ein Meteorit auf dem Weg zur Erde ist und in sechzig Jahren herunterstürzt, und ich hab geantwortet …"

„Das habe ich nicht gesagt", fällt er ihr ins Wort, „ich habe gesagt, dass eine fünfzigprozentige Wahrscheinlichkeit besteht, dass er innerhalb von sechzig Jahren auf die Erde stürzt."

„Ja, ja, es spielt keine Rolle, was genau du gesagt hast, aber ich hab geantwortet …"

„Es spielt sogar eine große Rolle, Magga. Fünfzig Prozent mehr oder weniger sind in der Wahrscheinlichkeitsberechnung eine enorme Abweichung, und der Unterschied zwischen in sechzig Jahren und innerhalb von sechzig Jahren kann viele Jahre betragen, nämlich bis zu sechzig. Sechzig minus sechzig. Was bedeutet das?"

„Dass die Welt in null Jahren untergeht, also in den nächsten Tagen."

Margrét kichert. Sie spürt, dass sie beschwipst ist. „Aber bis dahin sollten wir das Leben genießen, solange es eben geht. Darauf stoßen wir an!"

Sie hebt ihr Glas.

„Anstatt uns dem wirklich Wichtigen zuzuwenden."

Er verstummt und schließt die Augen.

„Ist alles in Ordnung mit dir, Kristján?"

Er öffnet die Augen wieder, blickt sie lange an und nimmt dann ihre Hand.

„Ich wollte dich schon den ganzen Abend etwas fragen."

Margrét schweigt und wartet gespannt.

„Wärst du lieber zu der Eröffnungsfeier gegangen?"

„Lieber sitze ich tausendmal mit dir alleine an einem Tisch als einmal mit tausend Leuten."

Kristján nimmt ihre andere Hand, hält beide Hände fest und schaut ihr tief in die Augen:

„Möchtest du mit mir an einem Tisch sitzen, bis zum Ende der Welt?"

Die Hoffnung in seinem fragenden Blick ist so eindringlich, dass Margrét von ihren Gefühlen überwältigt wird. All die Emotionen, die sie verwirren, seit sie Kristján zum ersten Mal begegnet ist, stürzen auf sie ein, Emotionen, die sie nicht verstand und von denen sie befürchtete, sie würden von einem Schlaganfall oder einem Herzinfarkt herrühren. Jetzt sind sie so heftig, dass es sich anfühlt, als würde sie vor lauter Glück verbrennen. Die Gefühle haben Namen bekommen, dieser schmerzlose Schmerz und dieser schwindellose Schwindel. Liebe und Glück. Ihre Augen füllen sich mit Tränen. Sie bringt kein Wort heraus, lässt ihre Seele und ihr Herz entscheiden und nickt, während ihr Tränen über die Wangen laufen.

Wenn die Frau in dem schwarzen Kapuzenpulli am übernächsten Tisch ihren Koffer nicht in Sigríðurs und Gíslis Haus vergessen hätte, würde sie aller Wahrscheinlichkeit nach noch leben. Doch nun ist ihr Schicksal besiegelt. Sie steht auf, geht rasch zum Kellner, bezahlt an der Kasse ihre Rechnung, eilt hinaus und winkt ein Taxi heran, das sie nach Osten über die Hochheide bringt. Erst nachdem sie das Haus betreten hat, wird es durch die Explosion in Trümmer gelegt.

32. EIN NEUES ZUHAUSE

„Ihr bekommt diese beiden Zimmer und den Vorraum. Die Küche und das Wohnzimmer können wir gemeinsam benutzen, aber das Zimmer hinter der Küche ist mein eigenes."

Margrét führt Sigríður durch ihr Haus, in dem sie und Gísli in der nächsten Zeit wohnen werden. Während sie von Raum zu Raum gehen, stellt Sigríður fest, dass sie, obwohl sie Margrét oft besucht hat, immer in der Küche und nur einmal in dem Zimmer hinter der Küche war. Das war an dem Abend, als Jóhann starb. Er lag im Bett, mit einem Laken bedeckt, auch sein Gesicht. Sigríður fragte Margrét, ob sie den Arzt schon informiert hätte, aber Sigríður war die erste, die sie angerufen hatte. Sie berieten sich eine Weile und kamen zu dem Ergebnis, dass Margrét den Arzt anrufen müsse, das lasse sich nicht vermeiden, denn er müsse entscheiden, was nun zu tun sei.

Margréts Haus ist geschmackvoll, aber schlicht eingerichtet, keine überflüssigen Möbel, alles stilvoll und auf gewisse Weise vornehm, so wie Jóhann und Jóhanns Margrét. Im Wohnzimmer steht ein rotes, wuchtiges Ecksofa aus Leder, gegenüber ein ebenfalls roter Sessel im selben Stil und dazwischen ein Couchtisch. Die Wände sind vom Boden bis zur Decke mit Bücherregalen bedeckt. In der Mitte des Raums steht ein Schreibtisch, der nicht zu der übrigen Einrichtung passt, auch nicht zu dem dazugehörigen Schreibtischstuhl. Auf dem Tisch liegen Papiere, Stifte und ein eingeschalteter Laptop.

„Ich wollte das eigentlich weggeräumt haben", sagt Margrét, geht zu dem Schreibtisch, schaltet den Computer aus und sammelt die Blätter ein. „Damit war Jóhann beschäftigt."

Sie bringt die Sachen in den Raum hinter der Küche. Als sie zurückkommt, sagt sie, sie werde den Schreibtisch in ihr Zimmer stellen. Er sei das einzige Möbelstück, das sie von ihrem Vater geerbt habe. Der Tisch habe die ganze Zeit, während sie im Ausland lebte, in einer Abstellkammer in der Schule gestanden. Als sie in dieses Haus einzogen, habe sie ihn abgeholt. Jóhann habe ihn hässlich gefunden und ihn nicht haben wollen, sich aber damit abfinden müssen, dass sie ihn benutzte.

Als Margrét Anstalten macht, den Schreibtisch alleine zu schleppen, springt Sigríður ihr zur Seite, und gemeinsam tragen sie ihn in den kleinen Raum hinter der Küche.

„Wir stellen den Schrank aus Jóhanns Zimmer in euer Zimmer. Ihr braucht doch einen Schrank."

„Was sollen wir mit einem Schrank? Wir haben ja nichts mehr, das wir reintun könnten."

Margrét bedauert es, Jóhanns Kleidung zum Roten Kreuz gebracht zu haben. Die Sachen hätten Gísli perfekt gepasst, die beiden Männer haben eine ähnliche Größe und Statur. Sigríður stellt sich Gísli auf dem Bulldozer im Smoking oder in dem weißen Anzug vor, den Jóhann oft in der Bank trug, und muss bei der Vorstellung grinsen.

„Gísli müsste gleich kommen, er zeigt den Versicherungsleuten die Brandruine."

Sigríður hatte sich nicht vorstellen können mitzugehen. Zum Glück sind sie gut versichert. Sobald das Geld von der Versicherung da ist, wird Gísli Baumaterial kaufen und anfangen, ein neues Haus zu bauen.

„Unglaublich, hier stehe ich in Anziehsachen von dir, habe alles verloren, fühle mich aber trotzdem so wie immer."

In der Küche klingelt Margréts Handy, sie eilt hin. Im Radio wird gerade über den Brand in Selvík berichtet. Sigríður stellt lauter und hört das Ende der Meldung.

… Augenzeugen berichten, es habe eine Explosion gegeben, gefolgt von einer zweiten stärkeren. Das Haus, ein altes Holzhaus, stand urplötzlich in Flammen und brannte bis auf die Grundmauern nieder, bevor die Feuerwehr eintraf. Die Hausbesitzer waren zusammen mit den meisten Einwohnern des Orts bei der Einweihungsfeier des neuen Siliziumwerks, als das Feuer ausbrach. Die Ursache des Brands wird untersucht.

Als Sigríður in die Küche kommt, steht Margrét wie angewurzelt da, ein breites Grinsen in ihrem knallroten Gesicht. Sie stößt einen unterdrückten Juchzer aus wie ein Kind, das sich vor lauter Vorfreude nicht beherrschen kann. Sigríður blickt sie fragend an:

„Was ist los? Hast du im Lotto gewonnen?"

Margrét zuckt die Achseln und versucht, abgeklärt zu wirken.

„Ach, das war nur der Kristján."

„Kristján?"

„Kristján Richter."

Sigríður weiß nicht, wer Kristján Richter ist. Margrét schafft es, so zu klingen, als wäre ihr der Mann vollkommen egal, während sie ihr erläutert, besagter Kristján sei ein Bekannter, der von einem Haus gehört habe, das zum Verkauf stehe und das er mit ihr zusammen besichtigen wolle.

„Aber ich weiß wirklich nicht, ob ich Lust dazu habe …"

STJARNA STEINS
TOD EINER WISSENSCHAFTLERIN

Am Tag vor ihrem Tod rief die Geowissenschaftlerin den Gemeinderatsvorsitzenden an und wünschte sich ein Treffen mit ihm und einem Vertreter des Zivilschutzes. Der Gemeinderatsvorsitzende ahnte, dass die Sache ernst war, und informierte den amerikanischen Multimillionär. Demzufolge nahmen drei Männer an dem Meeting mit der Wissenschaftlerin teil: der Gemeinderatsvorsitzende als Vorstand des Siliziumausschusses, der Hauptwachtmeister als Vertreter des Zivilschutzes und der Amerikaner als Besitzer der Fabrik. Als die Wissenschaftlerin im Büro des Gemeinderats eintraf, war es nach Aussage des Hauptwachtmeisters etwa zehn Uhr morgens. Der Amerikaner und die Wissenschaftlerin hatten sich noch nie getroffen und begrüßten sich förmlich mit Handschlag. Der Amerikaner wurde von einer Dolmetscherin begleitet, einer Frau um die sechzig, die ihm wie ein Schatten folgte. Sie nahmen am Besprechungstisch Platz. Die Dolmetscherin saß schräg hinter dem Amerikaner und starrte auf den Boden, während die Worte in der einen Sprache in ihre Ohren hinein- und in der anderen Sprache aus ihrem Mund wieder hinausflossen.

„Die Bautätigkeiten auf Klettahöfði müssen gestoppt werden“, sagte die Geowissenschaftlerin unumwunden. Während der betretenen Stille, die auf ihre Aussage folgte, griff sie in ihre Tasche und holte eine Mappe heraus.

„Hiermit ziehe ich mein ursprüngliches Erdbebengutachten zurück und präsentiere ein neues." Sie legte die Mappe mitten auf den Tisch. „Dieses Gutachten wurde auf Grundlage einer neuen High Contact-Technik erstellt. Wie Sie hier sehen können", sie zeigte auf Linien, Kreise und Striche, die kreuz und quer über das Blatt liefen, „bildet sich an dieser Stelle eindeutig ein Riss. Bei dem ersten Gutachten stützte ich mich auf ein Naturphänomen, das fachsprachlich als Nanoplatte bezeichnet wird. Dabei handelt es sich um einen einzelnen Felsen auf einem Untergrund, der nicht mit der umliegenden Erdkruste verbunden ist. Aufgrund der Erdgeschichte des Felsens ging ich davon aus, dass es sich um ein solches Phänomen handelt, doch das erwies sich als falsch. Ich machte den Fehler, mich auf die Erdgeschichte zu berufen, anstatt auf die neuen High Contact-Messungen zu warten. Island ist ein so junges Land, dass es noch keine lange Erdgeschichte vorzuweisen hat. Ich brauchte eine Weile, um das zu realisieren. Ich habe noch nie Fehler gemacht, jedenfalls nicht in beruflicher Hinsicht. Sie können die Messergebnisse hier auf der Abbildung selbst sehen."

Sie zeigte auf eine Stelle auf dem Blatt, an der die Linien am dichtesten waren und fast aussahen wie ein Tintenklecks. „Es besteht eine hohe Wahrscheinlichkeit, dass es hier ein starkes Erdbeben geben könnte, über sieben auf der Richterskala. Die Messungen deuten darauf hin, dass sich Spannungen in der Erdkruste aufbauen."

Sie wandte sich an den Wachtmeister. „Ich rate Ihnen, den Zivilschutz zu konsultieren und die höchste Bereitschaftsstufe auszurufen."

„Können Sie eine genauere Zeiteinschätzung geben?", ließ der Amerikaner über seine Dolmetscherin fragen.

„Man kann sicher davon ausgehen, dass es innerhalb der nächsten dreihundert Jahre geschieht."

„Dreihundert Jahre!", riefen alle gleichzeitig, und der Gemeinderatsvorsitzende fügte hinzu: „Sie wollen doch wohl nicht sagen, dass dort kein Siliziumwerk gebaut werden kann, weil es in dreihundert Jahren vielleicht ein Erdbeben gibt!" Er stieß ein höhnisches Lachen aus.

„Nein, das habe ich nicht gesagt", erwiderte die Wissenschaftlerin, „ich sagte *innerhalb* der nächsten dreihundert Jahre."

Die Frau war während ihres Vortrags aufgestanden. Sie hatte ihre Aufgabe erledigt, und nun mussten andere entscheiden, wie es weitergehen sollte. Zum Abschluss kündigte sie noch an, dass sie dem Ministerium eine Kopie des überarbeiteten Gutachtens schicken werde, sobald sie zurück im Institut sei. Dann nahm sie ihre Tasche und verabschiedete sich von den Männern mit der Entschuldigung, sie müsse noch zu einer Hausversammlung in ihrem Wohnblock. Sie hatte den Konferenzraum schon fast verlassen, als der Gemeinderatsvorsitzende dem Wachtmeister zuraunte: „Halt sie auf!"

33. MARGRÉT UND KRISTJÁN BEIM VERTRETER DES ZIVILSCHUTZES

Sie haben keine andere Wahl. Sie wissen, dass sie die Zeit, die ihnen noch gemeinsam bleibt, nicht werden genießen können, wenn sie Stillschweigen über die Sache bewahren. Deshalb gehen sie los, um mit dem Hauptkommissar zu sprechen. Der Weg von zu Hause, von Hólar, beträgt nur einen Kilometer, und das Laufen tut ihnen gut. Als sie bei der Polizeiwache ankommen, tauschen sie einen Blick und nicken sich zu. Dann gehen sie Hand in Hand hinein.

Am Empfang ist niemand. Margrét gibt zu Bedenken, dass sie vielleicht besser einen Termin vereinbart hätten. Als sie auf die Klingel am Empfangstresen drückt, wird die Tür zum Hinterzimmer aufgerissen und Hauptkommissar Lárus stapft herein.

„Ich bin beschäftigt! Kann das nicht warten?"

Margrét merkt sofort, dass bei dem guten Mann die Nerven blank liegen. Sie will Kristján vorschlagen, ihr Anliegen zu verschieben, aber da ist es schon zu spät, denn Kristján sprudelt los:

„Wir wenden uns an Sie als Vertreter des Zivilschutzes hier vor Ort. Auch wenn ich nicht mehr als Abgesandter der Regierung im Sicherheitsrat für Naturgefahren sitze, fühle ich mich veranlasst, sowohl aus Gewissensgründen als auch wegen der nationalen Sicherheit, Ihnen die Ergebnisse der Untersuchung meiner auf mysteriöse Weise zu Tode gekommenen Kollegin Agnes darzulegen …"

Weiter kommt er nicht.

Die psychische Stärke des Menschen ist begrenzt, und Hauptkommissar Lárus hat seine Belastungsgrenze erreicht. Er hält sich die Ohren zu, legt den Kopf in den Nacken und brüllt:

„Neeeeeeeeeiiiiiiiin!"

Dann sinkt er auf den Stuhl und schlägt immer wieder mit dem Kopf auf die Tischplatte: „Es war ein Unfall, es war ein Unfall …!"

STJARNA STEINS
TOD EINER WISSENSCHAFTLERIN

War es ein Unfall? Die Geowissenschaftlerin litt unter einer krankhaften Berührungsphobie. Sie konnte Berührungen, besonders unvorbereitete, nicht ertragen. Einmal kam es im Institut zu einem Vorfall, als sie dort neu angefangen hatte. Ein Kollege wollte einen harmlosen Scherz machen, schlich sich von hinten an sie heran und hielt ihr die Augen zu. Da rastete sie aus. Sie attackierte den armen Mann, schlug, biss und kratzte ihn, sodass vier Projektleiter sie von ihm wegzerren mussten. Der Kollege musste ins Krankenhaus. Agnes kam mit einer Ermahnung davon, weil sie überzeugend darlegen konnte, dass sie ihrer Berührungsphobie hilflos ausgeliefert war. Sie konnte sogar eine entsprechende Bescheinigung vorzeigen, in der stand, dass man sie nicht erschrecken, sie nicht plötzlich berühren und sich auf keinen Fall von hinten an sie heranschleichen dürfe.

Genau das passierte nach der Besprechung an jenem Samstag im Gemeinderatsbüro in Silicon Bay. Nachdem die Wissenschaftlerin ihr Anliegen vorgebracht hatte und auf dem Weg nach draußen war, gab der Gemeinderatsvorsitzende dem Hauptwachtmeister ein Zeichen, sie aufzuhalten. Der Wachtmeister stand auf und legte ihr die Hand auf die Schulter. Da rastete sie aus, drehte sich blitzschnell um und sprang ihn an wie eine aggressive Katze, schlug, biss und kratzte ihn. Obwohl der Wachtmeister wesentlich stärker war als sie, gab es eine heftige Auseinandersetzung, bis er es schaffte, sie in den Würgegriff zu nehmen. Dann konnte er sich endlich von ihr losmachen und schleuderte sie von sich. So passierte es. Aber war es ein Unfall? Die Frau prallte mit dem Rücken gegen eine Säule, die vor einer Wand stand. Auf der Säule befand sich eine Büste aus Kupfer. Als die Frau gegen die Säule stieß, stürzte die Büste vom Podest ihr auf den Kopf. Sie war sofort tot.

Doch wenn es ein Unfall war, warum reagierten die Männer dann so? Ich sage *die Männer*, denn die Dolmetscherin schaute nicht auf und tat nur das, was Dolmetscherinnen tun sollen: zuhören, verstehen und dolmetschen. Sie wurde nie verhört, zumal keiner wusste, woher sie kam, wer sie war oder wohin sie ging. Sie verschwand aus der Geschichte.

Wenn die drei Männer von Anfang an die Wahrheit gesagt hätten, wäre der Tod der Wissenschaftlerin als Unfall oder höchstens als fahrlässige Tötung angesehen worden, denn der Hauptwachtmeister hatte sich lediglich selbst verteidigt. Doch das taten sie nicht, stattdessen inszenierten sie einen Autounfall. Der Multimillionär hatte die Idee und schlug vor, im Gemeinderatsbüro zu warten, bis das Länderspiel zwischen Großbritannien und Island im Fernsehen übertragen würde. Dann würde kein Mensch auf der Straße sein. Das taten sie und verfrachteten die Tote am Abend in ihr Auto, das seit dem Morgen auf dem Parkplatz vor dem Gemeindehaus stand. Dort trennten sich ihre Wege, der Gemeinderatsvorsitzende und der Amerikaner zogen sich aus der Sache heraus, der Wachtmeister musste sie alleine zu Ende bringen. Mit verkratztem Gesicht fuhr er die Leiche hinauf zur Ófærugjá. Dort setzte er die tote Frau hinters Steuer. Bevor er zur Tat schritt, zapfte er noch das Benzin aus dem fast vollen Tank in Kanister und versteckte sie unter einer Erosionskante, wo er sie bei nächster Gelegenheit abholen wollte. Der Wachtmeister war bekannt für seine Sparsamkeit und Effizienz. Dann hielt ihn nichts mehr davon ab, dem Leben oder vielmehr dem Tod des Opfers ein neues Ende zu bereiten. Er ließ den Wagen an, legte den Gang ein und machte sich aus dem Staub. Die Kraft des Motors bestimmte die Aufprallstelle.

Der Wachtmeister ging zu Fuß zurück zum Ort. Auch wenn er es niemandem sagte, ist anzunehmen, dass seine Schritte in jener Nacht alles andere als leichtfüßig waren, obwohl es bergab ging.

34. MACHT DER LIEBE

Sigríður ist barfuß und trägt ein hauchdünnes Nachthemd. Sie steht an der Spüle und lässt kaltes Wasser in ein Glas laufen. Durchs Küchenfenster ihres neuen Zuhauses sieht sie, wie ihr Mann in der Südwest-Ecke des Gartens ein Kartoffelbeet umgräbt. Auf dem Grundstück muss viel gemacht werden, es wurde seit Jahrzehnten nicht mehr gepflegt. Sie stürzt das Wasser in einem Zug hinunter, füllt es erneut und will es mit zum Bett nehmen und auf den Nachttisch stellen, wie sie es immer tut. Jetzt beobachtet sie Gísli mit dem Grabespaten. Er hat sein T-Shirt ausgezogen, seine Haut glänzt vor Schweiß, und man kann seine Rückenmuskeln spielen sehen. Morgen früh, bevor sie zur Arbeit gehen, wollen sie die Saatkartoffeln legen. Sigríður gähnt. Sie ist müde von der anstrengenden Arbeit in der Kantine und genervt wegen der Handwerker. Die kommen zwar, wenn man sie bestellt, und machen sich ans Werk, gehen dann aber einfach wieder, bevor sie fertig sind. Der Elektriker kam beispielsweise und fand heraus, warum bei Inbetriebnahme der Herde jedes Mal die Sicherung rausflog. Die Herde seien nicht richtig angeschlossen, meinte er, und schon war er wieder weg. Sigríður dachte, er wolle nur einen Schraubenzieher holen, aber er kam nicht mehr zurück. Und der Klempner hatte den Siphon unter dem Spülbecken nicht richtig befestigt, sodass die ganze Küche unter Wasser stand, und mit den Spülmaschinen konnte keiner umgehen. Die Gebrauchsanleitung war in allen möglichen Sprachen, nur nicht in Isländisch, der einzigen Sprache, die Sigríður beherrschte. Eine der Asiatinnen konnte Chinesisch, und als sie genau das taten, was die Frau ihnen vorlas, liefen die Spülmaschinen plötzlich. Das gab den Frauen in der Küche Rückenwind, und sie machten auch den Rest einfach selber. Eine Polin fand einen Schlauch und verband ihn mit dem Spülbecken und dem Abfluss im Boden. Nur an den Strom traute sich keine heran. Sigríður erinnerte sich dunkel an einen alten Trick: Wenn früher bei ihnen zu Hause die Sicherung rausgesprungen war, benutzte man einfach einen Nagel. In der neuen Kantine fand Sigríður zwar keinen Nagel, aber es gab genug Küchenutensilien, und sie wusste, wo der Sicherungskasten hing. Also nahm sie eine Gabel und klemmte sie unter die Sicherung, sodass der Schalter hochgehalten wurde, und schon funktionierten die Herde wieder.

Sigríður leert auch das zweite Glas, füllt es ein drittes Mal, und als sie sich gerade von der Spüle abwenden will, sieht sie einen Mann zu Gísli in den Garten kommen. Bevor ihre Augen sehen können, wer er ist, spürt es bereits ihr Körper. Im nächsten Moment wird sie wütend, weil ihr Liebhaber es wagt, herzukommen und sie durcheinander zu bringen. Liebhaber? Hat sie das wirklich gedacht? Sie muss lachen, dort allein in der Küche.

„Liebhaber“, sagt sie laut, nur um zu hören, wie das klingt. „Liebhaber, Liebhaber.“

Er spricht mit ihrem Mann und hat einen Koffer in der Hand. Ihre Wut verfliegt und sie wird von Lust erfüllt. Sie läuft in den Flur und öffnet ganz leise die Haustür. Gísli hat ihr den Rücken zugekehrt und stochert mit dem Grabespaten in der Erde, während er mit ihrem Liebhaber spricht, der ihr zugewandt steht. Sie verharrt in der weit geöffneten Tür, ihr dünnes Nachthemd wird vom Wind hochgeweht. Er sieht sie, stellt den Koffer ab und fixiert sie. Sie spürt seinen stechenden Blick auf ihrem Körper, so eindringlich, dass er nahezu greifbar ist. Er liebkost alle Stellen, besonders die sensibelsten. Sie muss sich die Hände vor den Mund halten, damit sie keinen Laut von sich gibt. Als sie kurz davor ist, zu kommen, schließt sie geräuschlos die Tür.

Nur wenig später kommt Gisli ins Schlafzimmer. Sie stellt sich schlafend, erwartet ihn jedoch mit brennender Sehnsucht. Er zieht sich langsam und leise aus, um sie nicht zu wecken. Als er endlich zu ihr unter die Bettdecke kriecht, kann sie sich kaum beherrschen, aber er braucht Zeit, jedoch nicht allzu lange, denn ihre Heftigkeit erregt ihn. Danach hält sie ihren schlafenden Mann im Arm und streichelt ihn wie ein kleines Kind. Sie ist überglücklich, weil sie weiß, dass das Leben weiter seinen gewohnten Gang gehen wird. Sie sind quitt. Sie stehen sich in nichts nach. Und so soll es sein.

35. LAMMZEIT

Margrét steht im Schafstall und lehnt sich an den Balken über der Futterkrippe. Kristján ist oben auf dem Heuboden und füttert die Schafe. In Gedanken ist Margrét noch immer bei ihrem Besuch auf der Polizeiwache und dem, was Lárus ihnen unter Schluchzen gestanden hat. Sie hat Mitleid mit ihm, weil er dieses Geheimnis so lange mit sich herumtragen musste.

„Jetzt verstehe ich, warum sein Gesicht so zerschrammt war, als er mir oben an der Schlucht begegnet ist, an dem Tag, als der erste Spatenstich gemacht wurde."

„Schau mal, wie schön sie sich alle an der Futterkrippe aufreihen."

„Lárus wollte niemanden umbringen, es war ein Unfall."

„Ich würde dir gern das Gefleckte schenken. Es ist launisch und scheu und erinnert mich an dich."

„Glaubst du, dass das in Sæbakki Brandstiftung war? Sigga hat mir erzählt, die Mieterin sei zu dem Zeitpunkt schon ausgezogen gewesen. Diese Frau verschwand genauso schnell, wie sie kam. Anscheinend weiß keiner, was sie eigentlich hier wollte."

„Móra fehlt."

„Ich habe über die Mieterin gesprochen."

„Ich habe über Móra gesprochen, sie ist nicht hier."

„Glaubst du, dass die Mieterin den Brand gelegt hat?"

„Weißt du, Magga", Kristján ist zu ihr hinunter in den Pferch geklettert und legt ihr die Hand auf die Schulter, „ich habe dreißig Jahre gebraucht, um herauszufinden, dass ich schon immer Schafbauer werden wollte. Ich hätte niemals Wissenschaftler werden sollen. Hör auf, darüber nachzudenken, was richtig und was falsch ist, genieß lieber den Anblick der Mutterschafe."

„Aber es ist verdächtig, wie Jón Bürgo …"

„Jón ist nur ein kleiner Fisch! Ist dir nicht klar, Magga, was für Kräfte hier am Werk sind?"

„Kräfte? Was meinst du?"

Er antwortet nicht und gibt ihr ein Zeichen, ihm nach draußen zu folgen, wo er ihre Hand nimmt und sie energisch vom Schafstall nach Süden führt, in Richtung Klettahöfði. Das Glasdach des Siliziumwerks glänzt wie eine goldene Krone.

„Wenn Lárus es nicht sagt, dann müssen wir es tun."

„Was sagen, Magga?"

„Die Wahrheit."

„Welche Wahrheit?"

„Dass das Siliziumwerk auf einem aktiven Erdriss steht. Die Sache mit Agnes muss er mit seinem eigenen Gewissen ausmachen."

„Sollen wir die Wahrheit sagen oder sie verschweigen? Sollen wir sagen, dass eine so und so hohe Wahrscheinlichkeit besteht, dass es bald ein Erdbeben gibt, und eine so und so hohe Wahrscheinlichkeit, dass es keins gibt? Nein, da wandere ich doch lieber mit meinem Schatz über die Wiese und schaue zu, wie die Lämmer herumflitzen und der Hahnenfuß sprießt."

Margrét bleibt still. Die Wahrheit sagen oder die Wahrheit verschweigen. Soll sie Kristján die Wahrheit über Jóhanns Tod sagen oder sie ihm verschweigen? Soll sie ihm sagen, dass sie Jóhann geholfen hat, zu sterben? Dass sie die Entscheidung gemeinsam trafen, als Jóhann noch bei vollem Verstand war und sich klar artikulieren konnte? Der Arzt teilte ihnen mit, es bestehe eine fünfzigprozentige Wahrscheinlichkeit, dass Jóhann innerhalb der nächsten fünf Jahre sterbe, und eine fünfzigprozentige Wahrscheinlichkeit, dass er in fünf Jahren noch lebe.

Angesichts dieser Wahrscheinlichkeitsrechnung kommt Margrét zu dem Ergebnis, dass in Jóhanns Fall Schweigen die bessere Option ist.

„Dann will ich auch lieber mit meinem Schatz über die Wiese wandern und zuschauen, wie die Lämmer herumflitzen und der Hahnenfuß sprießt“, sagt sie und spürt, wie seine Hand ihre zustimmend und verständnisvoll drückt.

Sie spazieren weiter

„Siehst du diese Hügel?“, sagt er und zeigt auf eine Reihe von Erhebungen, die östlich von Klettahöfði aufragen. „Nach denen wurde unser Grundstück benannt.”

Margrét weiß das, sie stammt ja von hier, lässt sich aber bereitwillig von ihm unterweisen, weil Männer auch heute noch Frauen so gern belehren.

„Sie entstanden bei einem Erdrutsch am Ende der Eiszeit“, fährt er fort.

Margréts Vater hielt seinen Schülern zu Beginn eines jeden Schuljahrs einen Vortrag über die Hügel und das Kap. *Klettahöfði ist der Überrest eines alten Vulkans …* Margrét kann das immmer noch auswendig.

„Klettahöfði ist der Überrest eines alten Vulkans …”, setzt sie automatisch an.

Kristján bleibt abrupt stehen und lässt ihre Hand los.

„Ja, genau. Dann kam die Nanoplatten-Theorie, darauf folgte eine andere Theorie dahingehend, dass die erste Theorie vollkommen falsch sei. Daran siehst du es, Magga – was ist richtig und was ist falsch? Was ist die Wahrheit und was nicht?“

Er antwortet sich selbst: „Die einzige Wahrheit in diesem Moment ist, dass wir nach Móra suchen.“

Margrét stimmt ihm zu, indem sie ihm einen Kuss auf die Wange drückt.

In der Abenddämmerung ist die Luft nach den nachmittäglichen Regenschauern feucht. Sie gehen im Gleichtakt, obwohl er einen Schritt macht, wenn sie zwei macht, sie springen leichtfüßig über Bäche wie Konfirmationskinder und haben das Gefühl, als beginne das Leben gerade erst.

Sie erklimmen den ersten Hügel, der Klettahöfði am nächsten ist, und können alle anderen überblicken.

„Sieh mal, der Regenbogen!", sagt Margrét. „Wie er sich über den Hügel da hinten zieht wie ein Heiligenschein."

Sie beschattet ihre Augen mit der Hand:

„Oben auf dem Hügel bewegt sich was." Sie zeigt auf den nächsten Hügel. „Sind das Leute …?"

„Das ist Móra", ruft Kristján und nimmt sie in den Arm. Sie spürt seine warmen Lippen auf ihrer Wange. Sie stehen auf dem Hügel und beobachten, wie das Mutterschaf aufsteht und das Lamm trockenleckt, sich wieder hinlegt, aufsteht, das zweite Lamm trockenleckt und sich dann wieder hinlegt, um das dritte Lamm zu gebären.

36. WILDE FAHRT IM NEBEL

Der flinke Níels hat viel Kraft in den Armen. Er ist mehrfacher Bezirksmeister im Armdrücken. Sein Training absolviert er jeden Tag, wenn er mit seinem handbetriebenen Rollstuhl durch die Gegend rast und Erledigungen macht. An diesem Tag fährt er noch schneller als sonst. Der Himmel ist von einem sonderbar gelblichen Blau, und über den Berggipfeln in der Ferne liegt ein rosa Schimmer. Es ist völlig windstill, hin und wieder hört man seltsame Laute aus der umliegenden Natur, wie das Seufzen einer alten Kuh.

Kristján und Margrét sind im Supermarkt einkaufen. In ihrem neuen Zuhause in Hólar fehlt es an einigem. Margrét hat einen Einkaufszettel geschrieben, bevor sie losfuhren, und Kristján hat noch ein paar Dinge hinzugefügt. Sie gehen durch die Regalreihen, Margrét mit der Liste voran, Kristján mit dem Einkaufswagen hinter ihr her. Der Wagen wird immer voller, bis Margrét stehen bleibt.

„Was steht da?", sie hält Kristján den Zettel hin, und er mustert ihn.

„Von wem ist denn dieses unleserliche Gekritzel?", fragt er.

„Von dir, mein Schatz", antwortet sie.

Kristján setzt seine Brille auf und entziffert: „Zahnbürsten, Klobürste und Haferflocken." Margrét geht Haferflocken suchen, während Kristján durch den Laden stiefelt, aber weder Zahn- noch Klobürsten findet.

„Klobürsten sind im Putzmittelregal und Zahnbürsten bei der Zahnpasta im Kosmetikregal", ruft Vibba von der Kasse mürrisch, was eine ganz neue Seite an ihr ist. Sie klagt über den Stress im Laden, die Arbeit sei einfach nicht mehr zu schaffen. Wenn Vibba sich beschwert, dann liegt wirklich etwas im Argen. Kristján kann kein System in der Anordnung der Waren erkennen. Doch der sechsjährige Sohn der Pfarrerin weiß haargenau, wo was steht, nachdem er viele Mal kreuz und quer durch den Laden gerannt ist, während seine Mutter in der Ecke mit den Gewürzen in ein vertrauliches Gespräch mit einem Gemeindemitglied vertieft ist.

„Ich hol sie dir!", ruft der Junge, stürmt los und kommt mit zwei Zahnbürsten zurück, bevor sich Kristján am Kopf kratzen kann.

Auf dem Weg zur Kassenschlange entdecken sie Salzfleisch und Erbsen im Angebot. Sie bleiben gleichzeitig stehen und tauschen einen Blick, so als wären sie schon ihr ganzes Leben lang ein Paar und wüssten sofort, dass der andere auch Appetit auf Salzfleisch mit Erbsen hat. Margrét nimmt eine Dose gelbe Erbsen und liest die Aufschrift.

„Die muss man nur zehn Minuten erhitzen."

„Müssen die nicht erst eingeweicht werden?"

Sie lesen gemeinsam, was auf der Konservendose steht, und haben beide Schwierigkeiten, weil die Schrift so klein ist.

„Die Erbsen sind vorgekocht …", liest Kristján.

„Habt ihr schon gehört!?", poltert auf einmal eine laute Stimme durch den Laden. „Von dem Unfall?"

Níels rast durch den Supermarkt, und die Neuigkeiten sprudeln aus ihm heraus. Die Leute hören ihm bestürzt zu:

„An der Ófærugjá sind zwei Autos von der Straße abgekommen und in die Schlucht gestürzt. Es gab viele Augenzeugen. Die Autos fuhren mit überhöhter Geschwindigkeit rauf zum Kap. Die Leute, die auf dem Parkplatz bei der Kletterwand standen, sahen sie kommen und in die Schlucht stürzen. Das vordere Auto war ein Streifenwagen und das hintere der Wagen des Bürgermeisters. Es wurde noch nichts bestätigt, die Rettungswacht ist auf dem Weg. Alle, die's gesehen haben, sind sich einig, dass der hintere Fahrer den Streifenwagen mitten auf der Strecke, die über die Schlucht führt, abgedrängt, dann die Kontrolle über sein Auto verloren hat und selbst in die Schlucht gerast ist. Kein Mensch kann sich vorstellen, dass sie das überlebt haben!"

37. SIGRÍÐUR UND GÍSLI MACHEN EINE AUSSAGE

Sigríður und Gísli werden zu einer Vernehmung auf die Polizeiwache bestellt. Die neue Hauptkommissarin ist eine junge Frau mit langen blonden Haaren. Die Uniform und die Kappe stehen ihr ausgesprochen gut. Alle Rote Kreuz Frauen, darunter selbstverständlich auch Sigríður, freuten sich, als bekannt wurde, dass die neue Hauptkommissarin eine Frau ist. Es war wirklich an der Zeit, den Frauenanteil bei der Polizei zu erhöhen, besonders nach all den Katastrophen, die in den letzten Monaten über Selvík hereinbrachen. Weibliche Sensibilität und Zuwendung sind vonnöten, um schmerzliche Situationen zu meistern, um zu beruhigen und zu trösten. Trotzdem muss Sigríður zugeben, dass sie Zöpfe bei einer Hauptkommissarin unpassend findet. Die junge Frau sieht aus wie ein zehnjähriges Mädchen. Vielleicht hat sie das noch nie erlebt – sie hat ja gerade erst angefangen –, aber Sigríður befürchtet, dass man sie nicht ernstnehmen wird. Sie überlegt, ob sie es ihr jetzt oder später sagen soll.

Die Hauptkommissarin bittet sie, sich an einen Tisch in der Mitte des Raums zu setzen, und nimmt ihnen gegenüber Platz.

Zuerst bedankt sie sich dafür, dass sie so schnell gekommen sind, ein persönliches Treffen wäre gar nicht nötig gewesen, wenn es nur um die Brandursache gehen würde.

„Haben die Jungs es rausgekriegt?"

„Jungs und Mädels."

„Ha?"

„Es ist auch eine Frau im Brandteam."

„Auch wo die Ausbruchstelle war?", fragt Gísli eifrig weiter.

„Augenblick", sagt die Hauptkommissarin, „das sind zwei Fragen. Welche soll ich zuerst beantworten?"

„Für mich war von Anfang an klar, dass die Ausbruchstelle in der Abstellkammer war, wo die Gasflaschen standen, und die Ursache …"

„Moment mal! Wollen Sie nicht hören, was in dem Bericht der Gutachter steht?"

„Gutachterinnen. Sagten Sie nicht, es sei auch eine Frau im Team?“

„Ich will unbedingt hören, was darin steht“, wirft Sigríður ein und stößt Gísli mit dem Ellbogen an, damit er sich nicht weiter wie ein Chauvi verhält, was er eigentlich gar nicht ist. Die Hauptkommissarin scheint seine Ironie gar nicht registriert zu haben. Sie öffnet eine Schublade auf ihrer Seite des Tischs, holt einen Ausdruck heraus und steht auf, bevor sie aus dem Gutachten vorliest: „*Die Spuren in der Brandruine zeigen eindeutig, dass das Feuer in der Abstellkammer im Keller des Hauses ausbrach …*“

„Hab ich doch gesagt“, unterbricht Gísli sie ungeduldig.

Die Kommissarin liest ungerührt weiter:

„I*n der Abstellkammer, die gut isoliert und geschlossen war, standen laut Aussage der Hausbesitzer zwanzig Gasflaschen und eine Tiefkühltruhe. Unter solchen Bedingungen kann ein kleiner Funke einen großen Brand auslösen. Aller Wahrscheinlichkeit nach waren eine oder mehrere Gasflaschen undicht, weshalb Gas in den geschlossenen engen Raum strömte, und als die Tiefkühltruhe ansprang, wie solche Geräte es in regelmäßigen Abständen tun, flog ein Funke in den gasgesättigten Raum. Die Brandursache war ohne jeglichen Zweifel ein Funke von der Tiefkühltruhe, der die Explosion der ersten Gasflasche auslöste, welche dann die zweite Explosion aller übrigen Gasflaschen auslöste.*“

„Genau das hab ich in der Nacht zur Feuerwehr gesagt! Es ist echt unnötig, uns von der Arbeit auf die Wache zu zitieren, um uns das mitzuteilen.“

Gísli macht Anstalten aufzustehen.

„Das ist nicht der Grund, warum ich Sie hergebeten habe", entgegnet die Frau ernst.

Gísli bleibt sitzen. Die Hauptkommissarin bereitet ihren nächsten Satz gut vor und sagt dann:

„In der Brandruine wurden menschliche Überreste gefunden."

Totenstille. Die Hauptkommissarin blickt zwischen Gísli und Sigríður hin und her, um ihre Reaktionen einzuschätzen, wobei die Zöpfe auf ihren Schultern hüpfen. Geschockt warten Gísli und Sigríður auf weitere Informationen.

„Die DNA-Probe hat gezeigt, dass die Person zwischen fünfunddreißig und vierzig Jahre alt war."

„Oh, nein!", stößt Sigríður aus und greift nach Gíslis Hand. Er legt ihr den Arm um die Schultern und drückt sie fest an sich, als wollte er sie vor noch schlimmeren Neuigkeiten beschützen.

„Woher wissen Sie, dass er zwischen fünfunddreißig und vierzig war?", fragt er.

„Das habe ich nicht gesagt", entgegnet die Kommissarin.

„Natürlich haben Sie das gesagt", erwidert Gísli aufgebracht.

„Ich habe gesagt, die DNA-Probe hat gezeigt, dass *die Person* zwischen fünfunddreißig und vierzig war", sagt sie, „ich habe nicht gesagt …"

„War es ein Mann oder eine Frau? Nun sagen Sie's schon!"

Die Kommissarin ist sichtlich irritiert angesichts dieser heftigen Reaktion.

„Es war eine Frau."

„Gott sei Dank!", seufzt Sigríður und atmet erleichtert auf.

„Hatten sie mit etwas anderem gerechnet?"

„Nein", antwortet Sigríður entschieden, „wer war es?"

„Die Frau war zuletzt in Sæbakki in Selvík registriert."

„Bei uns? Das kann nicht sein", protestiert Gísli, „es hat niemand …"

„Lassen Sie mich den Bericht zu Ende vorlesen: *Durch Gewebeproben konnte die Frau als Sigurlína Daníelsdóttir identifiziert werden.*"

„Sigurlína!", rufen beide gleichzeitig. „Aber die war schon ausgezogen!"

„Wann haben Sie sie das letzte Mal gesehen?"

Gísli ist schneller mit der Antwort und sagt, das sei an dem Abend gewesen, als die Einweihungsfeier stattfand.

„Sie ging lachend aus dem Haus und fuhr mit einem Taxi weg."

„Hatte sie Gepäck dabei?"

„Nein", antwortet Gísli, doch Sigríður korrigiert ihn, sie habe einen Koffer und einen Rucksack dabei gehabt.

„Stimmt, sie hatte einen Rucksack, aber keinen Koffer", meint Gísli.

„Was war das für ein Koffer?", wendet sich die Hauptkommissarin an Sigríður.

„Ein normaler Koffer, Hartschale, mittelgroß“, antwortet sie.

„Sie hatte nur den Rucksack dabei“, insistiert Gísli, „ich hab noch überlegt, ob sie nicht mehr Gepäck dabei hatte, als sie ankam.“

„Welche Farbe hatte der Koffer?“

„Rot“, antwortet Sigríður.

„Jetzt fällt mir wieder ein, dass ein roter Koffer im Flur stand, als wir aus dem Haus gingen”, sagt Gísli aufgeregt.

„Dann muss sie ihn vergessen haben”, sagt Sigríður, „ich weiß genau, dass sie den Koffer in der Hand hatte, als sie in den Flur kam.“

„Oder sie hat ihn absichtlich dagelassen“, meint Gísli.

„Warum sollte sie ihn absichtlich dalassen?“, fragt Sigríður. „Oder glaubst du, in dem Koffer war eine Bombe?“ Sie tastet sich weiter vor: „Was bedeuten würde, dass sie uns umbringen wollte …“

Jetzt kommt Sigríðurs Vorliebe für Krimis zum Vorschein: „Und dann hat sie es bereut oder wollte uns aus irgendeinem Grund doch nicht in die Luft sprengen, kam zurück und die Bombe explodierte, als sie sie gerade entschärfen wollte. Vielleicht hat sie …“

„Nein, nein“, wendet die Hauptkommissarin ein, „Sie sind auf der falschen Fährte.“

Sie sagt ihnen, es stehe außer Zweifel, dass die Explosionen von den Gasflaschen ausgelöst worden seien. Sigurlína könne gegen Mitternacht einfach nur zurückgekommen sein, um ihren Koffer zu holen. Es spiele keine Rolle, ob sie ihn vergessen oder nur für eine Stunde deponiert hätte. Sie sei mit einem Taxi weggefahren, das sei bestätigt, aber ob sie auch mit einem Taxi zurückgekommen sei, müsse noch eruiert werden.

„Wurde ihre Familie schon informiert?", fragt Sigríður.

„Sie hatte niemanden. Ich habe heute Morgen sofort in ihrem Heimatort in Ostisland angerufen und erfahren, dass sie keine Familie hatte. Sie war erst kürzlich nach Reykjavík gezogen und arbeitete in einem Buchladen. Sie schrieb wohl auch selbst, war alleinstehend und kinderlos."

„Das überrascht mich nicht", bricht es aus Gísli heraus.

Sigríður ist erleichtert, als sie hört, dass Sigurlína kein Familienmensch war, kann sich aber kaum vorstellen, dass sie überhaupt niemanden hatte. Gibt es Leute, die niemanden haben? Wie furchtbar einsam müssen diese sich fühlen.

„Es war ein tragischer Unfall", sagt die Hauptkommissarin und nestelt an einem ihrer Zöpfe herum, „kannten Sie die Frau näher?"

Gísli ergreift das Wort und sagt, von Kennen könne kaum die Rede sein. Sigurlína habe die Miete bezahlt, sogar im Voraus, das müsse man ihr lassen, aber sie sei ein schräger Vogel gewesen. Eigentlich hätten sie gedacht, sie sei nach Selvík gekommen, um im Siliziumwerk zu arbeiten.

„Wenn ich jetzt darüber nachdenke," ergänzt Sigríður, „dann hat sie tatsächlich nie gesagt, das sie in der Fabrik arbeiten wollte, wir sind einfach davon ausgegangen. Sie war immer zu Hause und saß in unserem Wohnzimmer, hat es regelrecht okkupiert mit ihrem Laptop, weil da angeblich die beste Internetverbindung war."

„Und sie saß immer in meinem Sessel", fügt Gísli hinzu, „im Chefsessel. Da saß sie schon, wenn wir morgens aufstanden, las als Erste die Gemeindepost, als wäre sie die Herrin im Haus."

„Sie hätte die Gemeindepost auch lesen können, nachdem wir zur Arbeit gegangen waren", bemerkt Sigríður, „sie hatte ja den ganzen Tag Zeit."

„Ich muss zugeben", sagt Gísli mit einem hämischen Grinsen, „dass ich der Göre am liebsten mal den Hintern versohlt hätte. Sie war richtig unverschämt!"

„Wussten Sie, worüber sie schrieb?"

„Ich glaube, sie war eine Spionin", meint Sigríður, „sie ging fast immer nur nachts raus, kletterte einmal sogar durchs Fenster ins Haus und behauptete, sie hätte ihren Schlüssel vergessen. Sie druckte Tag und Nacht riesige Mengen Papier aus. Unerträglich, dieses Rattern des Druckers. Auf dem Tisch in ihrem Zimmern lagen stapelweise Blätter."

„Und was stand da drauf?"

„Ich hab ihr nicht nachspioniert."

„Bekam sie Post?"

Sigríður überlegt.

„Ja, doch, als ich einmal von der Morgenschicht kam,

traf ich Stebbi, den Postboten, vor unserem Gartentor. Er versuchte, einen Umschlag für sie in den Briefkasten zu stecken, aber er war zu groß und dick, deshalb nahm ich ihn mit rein."

„Können Sie den Umschlag beschreiben?"

„Er war braun, adressiert an einen Buchverlag. Auf dem Umschlag stand *Falsche Adresse, zurück an Absender.*"

38. GUÐRÚN WIRD VIEL ERREICHEN

Margrét sitzt auf der Terrasse auf der Südseite des Wohnhauses in Hólar. Obwohl es warm ist und die Sonne vom Himmel strahlt, ist es auf der Terrasse ziemlich schattig. Die Bäume müssen gefällt werden, denkt sie, die wurden gepflanzt, als das Haus Anfang des letzten Jahrhunderts gebaut wurde, zu einer Zeit, als es noch keine Bäume in Island gab und sich niemand vorstellen konnte, dass sie auch an anderen Stellen als nur im Windschutz einer Wand wachsen würden. Sie lehnt sich wieder in ihrem Gartenstuhl zurück, schließt die Augen und lauscht auf die Geräusche des Frühlings. Das Drosselpärchen, das sein Nest in dem Baum neben ihr gebaut hat, singt heute anders als an den Tagen davor. Sie nimmt das Fernglas vom Schoß, beobachtet das Nest und sieht, dass der eine Vogel einen Wurm im Schnabel hat. Die Jungen sind da! Margrét verspürt eine freudige Erregung. In letzter Zeit ist ihr aufgefallen, dass sie nicht mehr automatisch alles ausblendet, was mit Geburt und neuem Leben zu tun hat. Das merkte sie zum ersten Mal, als sie auf den Hügel stiegen und sahen, wie Móra drei Lämmer zur Welt brachte. Erst dachte sie, sie würde sich nur mit Kristján freuen, weil er so glücklich über die neugeborenen Lämmer war, aber das war es nicht, die Lämmer selbst waren der Auslöser, und Kristjáns Freude kam noch hinzu.

Diese Entdeckung katapultiert sie zwanzig, dreißig Jahre zurück. Sie hört Jóhann verzweifelt rufen:

„Nie wieder! Das ertrage ich nicht noch einmal!"

Die Trauer in seinen Augen war bodenlos. Sie gaben ihr gemeinsames Schlafzimmer auf und er zog in eines der Kinderzimmer. Margrét dachte oft darüber nach, sich von ihm zu trennen, doch dann hätte sie nicht mehr ihr gewohntes Leben führen können, und das wollte sie nicht, deshalb verließ sie ihn nicht. Am Anfang war er es, der unbedingt ein Kind wollte. Kaum hatten sie sich in Amerika eingelebt, begann er übers Kinderkriegen zu sprechen. Für Margrét kam das nicht in Frage, sie waren noch viel zu jung, gerade mal zwanzig. Sie überzeugte ihn davon, noch zu warten, bis er mit seinem Studium fertig war. Nach seinem Abschluss bekam er einen guten Job in einer Bank. Sie zogen in ein Einfamilienhaus mit mehreren Kinderzimmern und stellten die Verhütung ein. Doch sie wurde nicht schwanger. Jahre vergingen, bis es auf einmal passierte. Margrét konnte es nicht glauben, als der Arzt ihr sagte, sie sei im vierten Monat. Jóhann war überglücklich, im wahrsten Sinne des

Wortes. Freute er sich zu sehr? War seine Freude zu groß, um sie genießen zu können, als es so weit war? Seine Freude währte nur einen halben Tag. Er durfte seinen Sohn nur kurz im Arm halten, bevor der einfach starb. Niemand wusste, warum, er hörte auf zu atmen, und sein Herz schlug nicht mehr. Der Arzt sagte ihnen, es handele sich um eines der ungelösten Rätsel der Medizin, man nenne es Wiegentod – dabei schaffte der Kleine es noch nicht einmal bis in die Wiege.

In der ersten Zeit danach fragte Margrét mehrmals, ob sie es nicht noch einmal probieren sollten, denn auch wenn sie es nicht offen aussprach, sehnte sie sich nach einem Kind.

„Nie wieder“, sagte Jóhann. „Nie wieder!“

Sie trennte sich nicht von ihm, aber sie entfremdete sich von ihm.

Wo ist Kristján? Margrét nimmt das Fernglas und blickt in die Richtung, wo sie ihn zuletzt gesehen hat. Er ist noch dort, sitzt auf einem Erdbuckel mit einem Lamm auf dem Schoß und kennzeichnet es gerade mit einer Ohrmarke, wenn sie nicht alles täuscht. Vor nicht allzu langer Zeit wusste sie nicht, dass dieser Mann existiert. Jetzt hat sie das Gefühl, ihn schon ewig zu kennen, obwohl sie nicht viel über ihn weiß, sie weiß noch nicht einmal, ob er Kinder hat. Warum vermeidet sie das Thema? Wenn er Kinder hätte, hätte er es ihr bestimmt erzählt. Oder ist es bei ihm genauso wie bei ihr? Hat er sich dafür entschieden, zu schweigen?

Sie macht sich Sorgen um ihn, er darf sich nicht überanstrengen, er war fast die ganze Nacht auf den Beinen und kommt auch tagsüber nicht zur Ruhe. Er muss sich ausruhen und schlafen. Aber er lacht nur, wenn sie ihn daran erinnert, und sagt, wenn ein Schafbauer seinen Mutterschafen nicht beim Lammen helfen könne, müsse er sich einen anderen Job suchen.

Margrét hört Rufe und fröhliches Lachen der Leute, die auf dem Weg zur Arbeit sind. Es ist Schichtwechsel. Die Leute radeln und spazieren zur Fabrik, und wer von weiter her kommt, nimmt den gelben Elektrobus, der just in diesem Moment auf die Zufahrtsstraße biegt und vorsichtig an den Fußgängern vorbeifährt. Neben dem steilsten Abschnitt der Straße, die rauf zum Kap führt, wurde ein Fußweg mit Stufen und einem Geländer angelegt, damit alle, die zu Fuß gehen, bei jedwedem Wetter zur Fabrik kommen. Es gehört zur Firmenpolitik, dass die Mitarbeiter sich umweltbewusst verhalten – wer nicht mit seinem Privatauto, sondern zu Fuß oder mit dem Fahrrad zur Arbeit kommt, wird eine Lohnstufe höher eingruppiert. Nachdem sie es mit der längsten Speisetafel der Welt, an der tausendeinhundertsiebenunddreißig Personen saßen, ins Guinness Buch der Rekorde schafften, wetteifern sie nun um den internationalen Umweltpreis.

Margrét beobachtet die Leute durchs Fernglas. Sie kennt sie nicht, hat sich nie dafür interessiert, sie kennenzulernen. Jóhann war es immer wichtig, alle Kunden der Bank persönlich zu kennen und über jeden Einzelnen wenigstens ein paar Dinge zu wissen.

„Wie geht es Ihrer Frau Ása mit dem gebrochenen Bein?“ Oder: „Sagen Sie mal, Sigrún, ist Guðmundur neuerdings unter die Schneehuhnjäger gegangen?“ Oder: „Ihre Tochter hat bestimmt eine hervorragende Prüfung abgelegt!“

Doch Margrét kennt fast niemanden außer Sigríður und deren Familie, vielleicht noch ein paar Gleichaltrige, die mit ihr in der Schule waren, sowie die Frauen aus dem Lesekreis. Und den flinken Níels natürlich. Just in diesem Moment sieht sie ihn durchs Fernglas vorbeirasen. Diesmal hat er sogar Fahrgäste dabei. Guðrún steht hinten auf dem Rollstuhl und hält sich an seinen Schultern fest, ihre beiden Kinder sitzen auf seinem Schoß und kreischen begeistert, wenn sie jemanden überholen. Guðrún wusste schon immer, was sie will.

Plötzlich trifft Margrét eine Entscheidung. Sie steht auf, geht rasch ins Haus und schlüpft in die helle Sommerjacke, die Jóhann ihr vor einer Ewigkeit geschenkt hat. Sie weiß auch, was sie will. Sie will zu den Leuten in Selvík gehören, will eine von ihnen sein, will dabei sein. Es ist kurz vor drei, sie müsste es zum Schichtwechsel schaffen, wenn sie sich beeilt.

*

Zur selben Zeit, als Margrét von zu Hause aufbricht, macht Sigríður sich auf den Heimweg. Die Morgenschicht ist vorbei und die Nachmittagsschicht übernimmt. Sie geht durch den langen Flur zur Außentür, tief in Gedanken versunken, denn sie macht sich Sorgen um ihre Tochter Guðrún. Was heckt sie nun schon wieder aus?

Nach der verlorenen Abstimmung beim Bürgerentscheid hatten die Gegner der Fabrik zwei Möglichkeiten: entweder aus der Gemeinde wegziehen oder dableiben und sich mit der Situation arrangieren. Guðrún entschied sich für Letzteres – und nicht nur das. Sie begann sogar, in der Fabrik zu arbeiten, trat der Mitarbeitervereinigung bei und bewarb sich um einen Kredit beim Immobilienfonds, damit sie sich eine Wohnung im Mitarbeiterwohnblock kaufen kann, sobald dieser fertiggestellt ist.

„Ich bin, war und werde immer Naturschützerin sein!“, sagte sie, als sie eingestand, dass sie keine andere Wahl hätte, weil das Wohlergehen ihrer Kinder immer vorging. „Ich schufte zehn Jahre lang rund um die Uhr, danach bin ich frei!“

Doch kürzlich hat Sigríður von einer Bekannten, die beim Immobilienfonds arbeitet, gehört, Guðrún werde den Kredit doch nicht aufnehmen und somit auch keine Wohnung im Mitarbeiterwohnblock kaufen. Sie hätte gesagt, sie habe anderswo ein viel besseres Angebot bekommen, bei dem sie weder ihre Seele noch ihre Freiheit verkaufen müsse. Guðrún wird doch wohl nicht wegziehen, womöglich ins Ausland? Mit den Kindern! Sigríður schreckt aus ihren düsteren Hirngespinsten hoch, als gellende Kinderstimmen an ihr Ohr dringen, die ihr wohlvertraut sind.

„Hallo Oma!"

„Pass auf, Oma!"

Und dann Guðrúns Stimme:

„Mama! Bist du blind?"

Um Haaresbreite wäre sie mit dem Rollstuhl zusammengeprallt, der durch die Tür schoss, als sie gerade hinauswollte. Sie schaut Níels verblüfft hinterher, wie er durch die Halle rast und ganz hinten vor dem Kindergarten stehenbleibt.

Mit einem Mal sind Sigríðurs Sorgen wie weggewischt. Sie könnte vor Freude in die Luft springen, wenn sie nicht mitten in einer Gruppe von Menschen gestanden hätte, die entweder auf dem Weg hinaus oder herein waren. Stattdessen sagt sie zu jedem, der es hören will: „Meine Guðrún wird noch viel erreichen!"

39. ACHT AUF DER RICHTERSKALA

Der Speisesaal nimmt die hintere Hälfte der riesigen Halle ein, deren vordere Hälfte in kleinere Einheiten unterteilt ist. Der Haupteingangsbereich wurde noch nicht in Betrieb genommen. Er liegt größtenteils unterirdisch, unter der Kantinenhalle. Wenn man ihn betritt, geht man erst eine breite Rampe hinunter und kommt dann in ein weitläufiges Foyer, von dem Laufbänder durch Tunnel zu den anderen Hallen führen. Wendeltreppen sollen später in die einzelnen Hallen hinaufführen. Sie sind aus hochwertigem Stahl, werden in Südkorea gebaut und fertig montiert angeliefert. Die ersten beiden Treppen sind bereits in Island und werden in den nächsten Tagen eingebaut. In der Zwischenzeit muss man den Eingang an der Südseite der Halle benutzen. Auch wenn es vom Eingang bis zum Speisesaal ziemlich weit ist, beklagt sich niemand, denn die Leute wissen, dass es nur eine Frage der Zeit ist, bis der endgültige Eingang und die Laufbänder fertiggestellt sind.

In den letzten Tagen war ungewöhnlich schönes Wetter. Sonne, wolkenloser Himmel und das Meer so glatt, wie es in Island nur ganz selten ist.

„Das ist ein Vorzeichen“, sagen die alten Leute.

Heute gibt es Fleischbällchen mit brauner Soße zum Mittagessen. In der Behelfskantine in der Sporthalle war dies das beliebteste Gericht, das bei weitem nicht für alle reichte, und nun zeigt sich, dass es auch in dem neuen Speisesaal auf der Beliebtheitsskala ganz oben steht. Hier finden alle Platz, selbst diejenigen, die eigentlich frei haben.

Die Kinder aus der Kinderhalle kommen herein, brav in einer Reihe, von den Kindergärtnerinnen liebevoll aber bestimmt geführt. Sie setzen sich auf ihre kleinen Stühle an die kleinen Tische und warten gespannt auf das Essen. Eigentlich sollte das nur eine Übergangslösung sein, bis die Küche in der Kinderhalle fertig ist, aber das Zusammenbringen der Generationen beim Mittagessen hat sich als gelungen erwiesen. Es ist eine willkommene Abwechslung und hebt die Stimmung, was sich schon jetzt deutlich an der Zufriedenheitskurve der Mitarbeitenden bemerkbar macht und die Produktivität steigert. Deswegen wurde entschieden, dieses Arrangement bis auf Weiteres beizubehalten.

Der Speisesaal ist in zwei Bereiche unterteilt, auf der einen Seite sitzen die Kinder und auf der anderen die Erwachsenen. Fröhliches Kinderlachen schallt durch die Halle und vermischt sich mit dem zufriedenen Stimmengewirr der Erwachsenen.

Es ist Margréts vierter Tag als Ausgabeleitung. Sie steht hinter dem Tresen und portioniert das Essen auf die Teller. Die Arbeit macht ihr tatsächlich Spaß. Drei Fleischbällchen, drei Kartoffeln, eine halbe Kelle Soße und ein Löffel Marmelade ist die durchschnittliche Portionsgröße, das weiß sie, nachdem sie etwa zwanzig Leute bedient hatte. Zum Spaß rät sie, wie viel der nächste Gast haben möchte, und versucht, ihm schon vorher anzusehen, ob er eine mittlere, große oder kleine Portion will. Manchmal liegt sie vollkommen daneben, so wie bei dem großen Rothaarigen vorhin. Sie hatte schon fünf Fleischbällchen in der Kelle und wartete auf sein Kopfnicken.

„Keine Fleischbällchen bitte“, sagte der Rothaarige, „ich esse keine Tiere, ich bin Veganer. Geben Sie mir stattdessen zehn Kartoffeln mit viel Soße und einem Haufen Marmelade.“

Sie musste laut lachen. Ein Haufen Marmelade! Diesen Ausdruck hat sie noch nie gehört. Ein Haufen Marmelade! Das muss sie sich unbedingt merken. Lachen, Freude und Glück sind die Worte, die ihre Stimmung in den letzten Tagen am besten beschreiben. Das Grinsen geht ihr gar nicht mehr aus dem Gesicht, noch nicht einmal im Schlaf, wie sie heute Morgen nach dem Aufwachen bemerkte.

„Ten meatballs, please!“

Die Stimme ist tief und eiskalt. Margrét hebt den Kopf, vor ihr steht ein hochgewachsener Mann mit glatten schwarzen Haaren, die er streng aus der Stirn gekämmt hat.

„And five potatoes.“

Er hält ihr den Teller verächtlich hin, sie nimmt ihn ihm genauso verächtlich ab und klatscht die verlangte Portion darauf. Als sie die Marmelade auf den Tellerrand löffeln will, sagt er genervt auf Englisch, er habe keine Marmelade bestellt, und murmelt dann vor sich hin: „Blöde Ziege!“

Am liebsten hätte sie ihm den Teller ins Gesicht geschleudert, doch bevor sie es tun kann, zieht er ihn weg und stolziert davon. Wut steigt in ihr hoch – was für ein unmögliches Verhalten! Sie blickt dem Mann in dem dunkelbraunen, fast bodenlangen Ledermantel nach. Da fällt ihr auf, dass sie ihn schon mal gesehen hat. Er steuert auf den erhöhten Ehrentisch zu, an dem die Vorgesetzten sitzen. Von dort werden über die nagelneue Lautsprecheranlage auch Versammlungen geleitet. Die ausländischen Vorgesetzten stehen auf und buckeln, als der Mann kommt, aber die Isländer bleiben entspannt sitzen. Anscheinend wissen nicht alle, dass es sich um den Besitzer der Fabrik handelt, Donald Smith persönlich. Margrét weiß das auch nicht und wird es auch nie erfahren.

Aus einem Instinkt heraus schaut sie zu der Tür ganz hinten am anderen Ende der Halle. Obwohl sie aus dieser Entfernung nicht erkennen kann, wer hereinkommt, weiß sie es. Sie spürt es. Das Lächeln, das ihr der Mann in dem Ledermantel aus dem Gesicht getrieben hat, erstrahlt wieder, ihr Herz macht einen Sprung und ihr wird innerlich ganz warm. Kristján kommt also doch noch zum Essen! Heute Morgen, als sie ihn fragte, ob er kommen wolle, es gebe Fleischbällchen, war er sich nicht sicher. Er müsse sich um die Mutterschafe kümmern. Jetzt schreitet er zügig durch die Halle auf sie zu. Hastig zählt sie die restlichen Fleischbällchen und stellt fest, dass sie kaum reichen werden, denn in der Schlange stehen immer noch ein paar Leute. Sie nimmt einen Teller, gibt unauffällig fünf Fleischbällchen, fünf Kartoffeln, einen Klacks Soße und einen Haufen Marmelade darauf und versteckt ihn unter einem Topfdeckel.

Margrét spürt eine gewisse Unruhe, eine Anspannung, etwas Störendes liegt in der Luft. Sie sieht, dass Kristján gar nicht zu ihr kommt, sondern auf den Ehrentisch zusteuert. Er ruft den dort Sitzenden etwas zu, aber sie kann kein Wort verstehen. Er gestikuliert wild, die meisten Leute am Ehrentisch sind aufgestanden, aber Smith bleibt hartnäckig sitzen und hat offenbar nicht vor, sich von diesem Auftritt den Appetit verderben zu lassen. Kristján stiefelt geradewegs auf Smith zu. Margrét kann sehen, wie er vor ihm mit der Faust auf die Tischplatte schlägt.

Während sich die Szene vor Margréts Augen abspielt, kommt Sigríður mit einem Tablett voll sauberer Gläser, die sie auf die Erwachsenentische stellen möchte. Da öffnet sich plötzlich der Boden vor ihren Füßen, sie stößt einen Schrei aus, und noch einen, als ihr Mann Gísli den Kopf durch die Öffnung steckt.

„Um Himmels Willen, Gísli, hast du mich erschreckt! Wo kommst du denn her?"

Gísli prustet los, öffnet die Luke weit und schwingt sich geschickt auf den Rand der Öffnung.

„Wie der Teufel aus der Hölle!"

Sigríður weiß nicht, ob sie lachen oder sauer sein soll. „Ich wäre fast mit dem Tablett hingefallen! Was ist denn da unten?"

„Hier kommt die Treppe hin."

Er erzählt ihr von den Wendeltreppen, die aus extrem gutem und massivem Stahl sind. Selbst wenn die Halle abbrennen oder explodieren sollte, blieben die Treppen unversehrt. Und dann muss er ihr einfach erzählen, was er soeben erfahren hat: Er darf die Treppen einbauen!

„Ich konnte es nicht erwarten und hab schon mit der ersten angefangen, aber jetzt gibt's erst mal Fleischbällchen."

Er schaut Sigríður begeistert an, die geduldig nickt und dann mit dem Gläsertablett weiter eilt. Gísli stellt sich schnell in die Warteschlange vor dem Tresen.

Jetzt kann Margrét die Portion für Kristján nicht

länger zurückhalten, zumal er anscheinend gar nicht gekommen ist, um zu essen. Sie nimmt den Teller unter dem Topfdeckel und gibt ihn Gísli.

„Den hab ich extra für dich aufbewahrt", sagt sie, mit den Gedanken und dem Blick ganz woanders, sodass sie es kaum wahrnimmt, als Gísli sich über den Tresen beugt und ihr einen Kuss auf die Wange drückt. Nanu, was ist denn jetzt? Kristján ist mit einem Mikrofon auf einen Tisch geklettert, ein paar Leute haben sich vor ihm versammelt, darunter auch Níels in seinem Rollstuhl. Margrét will gerade hingehen und schauen, was los ist, als Níels sich von der Gruppe löst und auf sie zurollt.

„Fleischbällchen sind leider aus", sagt sie.

„Ich will keine verdammten Fleischbällchen!", brüllt Níels. „Raus, raus, raus, alle raus!"

Er schiebt sich mit aller Kraft weiter durch die Halle und ruft in alle Richtungen: „Raus, schnell raus!"

Die Leute schauen ihm verwundert hinterher und tauschen irritierte Blicke.

„Ist der verrückt geworden?"

„Was ist denn mit dem los?"

„Ist der besoffen?"

Durch die Lautsprecheranlage hört man ein Knacken und Quietschen.

„Hört mal! Hört zu, Leute, wir müssen Ruhe bewahren …"

„Wer ist das?"

Die Leute in Selvík kennen Kristján Richter noch nicht.

„Was sagt der Mann?"

„Liebe Leute, liebe Leute! Bitte hört mir jetzt gut zu …"

Seine Stimme klingt besonnen, doch dann bricht sie ab. Margrét sieht, dass jemand zu Kristján auf den Tisch geklettert ist und versucht, ihn wegzuschubsen.

„Bringt die Kinder zuerst in Sicherheit!", dröhnt es durch die Lautsprecher. Jetzt klingt seine Stimme nicht mehr besonnen. Quietschen und Knacken, Ächzen, Stöhnen. Dann ist es vorbei. Margrét sieht Kristján auf dem Boden liegen, von drei Männern nach unten gedrückt.

„Was soll das?"

„Wer ist das?"

„Das ist doch dieser schräge Vogel, der dem Öko den Hólar-Hof abgekauft hat."

„Dieser Spinner!"

„Ja, er hat direkt neben der Siliziumfabrik einen Schafhof aufgemacht!“

Plötzlich wird Margrét klar, was gerade passiert. Sie versucht, die Aufmerksamkeit der Leute zu erlangen, die die Gefahr nicht spüren und sich über all das nur lustig machen.

„Die Kinder!“, ruft sie. „Bringt die Kinder zuerst in Sicherheit!“

Sie brüllt so laut, dass ihre Stimme versagt.

Es folgt ein Szenario, das sich nicht mit Worten beschreiben lässt, aber vielleicht kann man es sich ungefähr so vorstellen:

Margrét hastet zum Kinderbereich. Sigríður lässt das Tablett fallen, die Gläser zerschellen auf dem Fußboden. Sie läuft Margrét hinterher, holt sie ein und schüttelt sie. Margrét reißt sich los, sagt etwas, gestikuliert und rennt dann weiter. Sigríður steht ein paar Sekunden wie angewurzelt da, kommt dann zu sich und ruft den Leuten zu: „Rettet die Kinder!"

Alle kennen Sigríður, alle vertrauen und glauben ihr. Und gehorchen. Die Leute kommen in Bewegung, erst eine Mutter, dann ein Vater, dann weitere Eltern, und schließlich auch die Kindergärtnerinnen.

Die Kinder sitzen an ihren kleinen Tischen und beenden gerade ihre Mahlzeit, als Margrét auf sie zustürmt, sich zwei Kinder schnappt, völlig willkürlich, einfach die, die sie zuerst erreicht. Ohne Erklärungen führt sie die Kinder vom Tisch weg durch die große Halle. Die Kleinen leisten keinen Widerstand, folgen ihr wortlos und brav, wie in Trance. Sigríður kommt als Nächste und tut dasselbe, dann noch jemand und noch jemand. Wie bei einer routinierten Übung marschieren die Leute in einer Reihe hintereinander her, schnell und konzentriert, den ganzen Weg aus der Halle hinaus, mit Margrét an der Spitze. Vor der Tür wartet sie, bis der ganze Trupp draußen angekommen und außer Gefahr ist. Der letzte und zugleich älteste Mann hat ein winziges Kind an der Hand, das Kleinste und Jüngste. Margrét ist sich nicht sicher, wer hier wen führt. Dann geht sie wieder rein und schaut sich suchend nach Kristján um. Die meisten Erwachsenentische sind immer noch voll besetzt, die Leute unterhalten sich in aller Ruhe, als wäre überhaupt nichts passiert. Es scheint so, als hätten sie den Zwischenfall mit Níels und Kristján verdrängt, als ginge er sie nichts an. Margrét sieht den rothaarigen Veganer an einem Tisch mit einer jungen rothaarigen Frau sprechen. Sie lachen und scherzen. Am nächsten Tisch sitzen Leute, die sich über den neuen Bauern in Hólar echauffieren, aber am Ehrentisch ist niemand mehr. Wo haben sie Kristján hingebracht? Was haben sie mit ihm gemacht? Wo ist Níels?

„Achtung!", ruft jemand. „Passt auf!"

Wer ruft da? Woher kommt diese Stimme? Die Leute verstummen, wissen aber nicht, worauf sie aufpassen sollen und lauschen der Stille. Margrét lauscht auch. Ein dumpfes Rauschen wird immer lauter, Staub steigt vom Boden auf. Dann werden ihr die Füße weggerissen und sie kann nicht mehr klar denken. Verzweifelt liegt sie regungslos am Boden und sieht die Leute in alle Richtungen rennen. Der Lärm steigt an, bis er so laut ist, dass sie ihre eigenen Schreie nicht mehr hört. Die Schmerzen in den Beinen sind unerträglich, dann spürt sie nichts mehr. Sie steckt fest.

Und Sigríður?

Sigríður ist auch wieder reingegangen, nachdem sie die Kinder – nicht ihre eigenen Enkel, sondern irgendwelche anderen Kinder – in Sicherheit unter freien Himmel gebracht hat. Wo ist Gísli?

„Passt auf!"

Sigríður lauscht und hört, wie etwas sehr Schweres

näherkommt. Sie fällt der Länge nach hin, kommt aber sofort wieder auf die Beine, stolpert über Menschen, die rennen, straucheln und wieder aufstehen. Die Leute strömen zielsicher auf die Tür am Südende zu, durch die die Kinder hinausgegangen sind, kehren aber plötzlich wieder um und laufen zurück. Was ist los? Es ist Gísli. Er hat sich den Leuten in den Weg gestellt und treibt sie in die entgegengesetzte Richtung, in die Halle hinein, wie ein Hütehund eine Herde Schafe. Und Sigríður begreift.

„Folgt mir, folgt mir!", ruft sie, und die Leute gehorchen. Alle hören auf Sigríður. Als sie das Loch im Boden erreicht, ist Gísli schon da, gemeinsam öffnen sie die Luke, und Gísli springt hinein. Die Treppe, mit deren Einbau er schon begonnen hat, befindet sich auf halber Höhe, doch die verängstigten Leute sind nicht bereit, sich ins Ungewisse zu stürzen. Erst als Sigríður die Führung übernimmt und in dem Loch verschwindet, trauen sie sich.

Margrét verfolgt die Geschehnisse und hat noch nicht richtig begriffen, dass eine Betonwand auf ihren Beinen liegt. Da sieht sie Kristján. Er steht nicht weit von ihr und scheint zu schwanken, während er versucht, die Leute durch die Treppenöffnung zu dirigieren. Einige zögern, andere weichen zurück. Kristján stoppt zwei Frauen, die panisch hin- und herlaufen, eine Asiatin und eine Isländerin, und zerrt sie zu der Treppenöffnung. Sie treten und fuchteln mit den Armen, aber er zwingt sie, zu springen. Danach schnappt er sich zwei Männer, einen jüngeren und einen älteren. Auch sie springen, und dann folgt einer nach dem anderen, bis sich keiner mehr sträubt, zumal unten schon genug Leute stehen, die sie auffangen.

Margrét blickt zur Decke und sieht, wie das Dach mit den sechseckigen Glasplatten, die die Chinesen eingesetzt haben, aufreißt. Sie sieht den Himmel, sieht die Wolken wirbeln, so wie der Staub um sie herum. Die Glasplatten regnen von der Decke.

Dann ist es plötzlich totenstill. Margrét liegt mit geschlossenen Augen da.

„Margrét! Wo bist du, Margrét?“ Kristjáns Rufe hallen in der Stille.

Ein Lächeln zieht sich über ihr Gesicht. Sie kann nicht gleich antworten, möchte diesen Moment auskosten, diesen Augenblick, an dem sie weiß, dass er an sie denkt.

„Margrét!“

„Ich bin hier!“, krächzt sie. Trotz der Totenstille kann sie ihre eigene Stimme nicht hören.

Er kommt. Erst als er das Glasstück aus ihrem Brustkorb zieht, wird ihr klar, dass sie tödlich verletzt ist. Er bemüht sich vergeblich, die Wand zu bewegen, doch sie ist unverrückbar. Resigniert schmiegt er sich an sie, liegt ganz dicht bei ihr, legt den Arm um sie, und sie spürt seine Wärme. Er wiegt sie wie ein kleines Kind. Der Staub legt sich.

„Hör mal“, sagt er.

Sie lauscht und hört wieder dieses Rauschen, das näherkommt. Wieder wirbelt Staub hoch.

„Jetzt kommt gleich das große …“

Sie sterben in enger Umarmung. Das Letzte, was Margrét hörte, ist Kristjáns sanfte Stimme an ihrem Ohr: „Acht auf der Richterskala."

DIE GEMEINDEPOST

Das Leben nach dem großen Erdbeben und die Geschichte, die alles veränderte.

Vor einem Jahr erschütterte eine tragische Katastrophe Selvík und seine Einwohner. Es ist beeindruckend, den Wiederaufbau des Orts mitzuverfolgen. Die Gemeindepost dankt dem Team unter der Leitung der neuen Bürgermeisterin Guðrún Gísladóttir, das den Ort neu aufgebaut hat – eine autarke Gemeinschaft mit Fokus auf Kreislaufwirtschaft, Sharing Economy und Umweltschutz. So etwas lässt sich nur durch Zusammenhalt erreichen, wenn alle mitanpacken, wie sich gezeigt hat, als die Trümmer von Klettahöfði abtransportiert wurden und im Flachland ein Bioanbaubetrieb entstand. Jetzt können wir den Wunschstern wieder sehen, wenn er über dem Kap am Himmel erstrahlt.

Neuanfang bedeutet auch, mit der Vergangenheit abzuschließen, die Ereignisse zu analysieren und die Zusammenhänge zu verstehen. Es gibt keine Zufälle – eins führt zum anderen.

Um ein Gesamtbild von der Katastrophe zu bekommen, hat die Gemeindepost Augenzeugenberichte gesammelt, doch es gibt immer noch lose Enden, die sich schwer fassen lassen, sowie viele unbeantwortete Fragen.

Da wäre zunächst der Roman *Tod einer Wissenschaftlerin* und dessen Verbindung mit der Katastrophe in Selvík. Sein Erscheinen löste nicht nur hier, sondern auch in der Literaturwelt einen großen Wirbel aus.

Als die Gemeindepost die Verlegerin zum ersten Mal kontaktierte, erklärte sie lediglich, sie habe das Manuskript vor der Herausgabe nicht gelesen, das sei bei den Kriminalromanen von Stjarna Steins so üblich. Nach ihren ersten Büchern, allesamt Bestseller, habe es sich so ergeben, dass weder die Verlegerin noch sonst jemand im Verlag vor der Veröffentlichung eines neuen Werks etwas darüber erfahre. Die Autorin liefere den Text druckfertig an die Druckerei, man brauche kein Lektorat und kein Korrektorat, die Autorin kümmere sich selbst um den Satz, das Coverdesign und die Klappentexte. So laufe es seit zwanzig Jahren, schon seit die Verlegerin die Leitung des Verlags von ihrem Vater übernommen habe.

„Es ist reiner Zufall, dass das Buch an dem Tag nach der Katastrophe veröffentlicht wurde“, versicherte sie. Selbst wenn es früher erschienen wäre, hätte das nichts geändert, niemand hätte die im Roman beschriebenen Ereignisse ernst genommen. Allerdings gab die Verlegerin zu, dass ihre alte Kommilitonin aus dem Literaturwissenschaftsstudium, die heutige Ministerpräsidentin, sie am Tag nach der Veröffentlichung um ein Treffen gebeten habe, denn sie hatte den Roman als treuer Fan von

Stjarna Steins sofort gelesen. Sie gingen die Geschichte Punkt für Punkt durch und waren beide der Meinung, dass sofort reagiert werden musste. Infolgedessen wurde ein Untersuchungsausschuss gebildet, der diesem beispiellosen Fall auf den Grund gehen sollte. In dem Ausschuss saßen ein Regierungsvertreter, eine Rechtsanwältin, ein Literaturwissenschaftler, eine Geologin und ein Vertreter des Zivilschutzes. Aufgabe des Ausschusses war es, das Buch auf Realitätsgehalt und Fiktion zu überprüfen.

Die Verlegerin wurde zum ersten Meeting des Ausschusses bestellt und sollte die wahre Identität der Autorin Stjarna Steins offenlegen, da die nationale Sicherheit in diesem Fall schwerer wog als das Vertrauensverhältnis zwischen Verlag und Autorin. Aus Rücksicht auf die Autorin, die nicht anwesend war und nicht für sich sprechen konnte, wurde entschieden, den Namen vorerst nicht öffentlich bekanntzugeben, bis der Aufruhr um das Buch sich gelegt hat.

Woher besaß die Autorin ihr Wissen? Wussten Politiker und andere Verantwortliche, dass das Siliziumwerk auf einem aktiven Erdriss gebaut worden war? Wussten sie, dass die Geowissenschaftlerin Agnes Jónatansdóttir ihr erstes Erdbebengutachten, das die Grundlage für die Baugenehmigung einer Industrieanlage in diesem bekannten Erdbebengebiet gewesen war, zurückgezogen hatte? Gab es eine Verbindung zu ihrem mysteriösen Tod? Wurde sie ermordet?

Es wurde niemand angeklagt und somit auch niemand wegen Mord, Bestechlichkeit oder Unterschlagung wissenschaftlicher Gutachten strafrechtlich verfolgt. Alle vier Personen, die bekanntermaßen mit der Sache zu tun hatten, waren tot.

Die neue Polizeihauptkommissarin gab später, nachdem der Fall bereits zu den Akten gelegt worden war, bekannt, bei der Überprüfung der Handys von Hauptkommissar Lárus und Bürgermeister Jón sei herausgekommen, dass die beiden sich nur wenige Minuten vor ihrem Tod Nachrichten geschickt hatten. Lárus schrieb an Jón: *Ich werde alles sagen.* Jón antwortete: *Dann hast du's hinter dir.*

Am Ende ließ es sich nicht mehr verhindern, das bestgehütete Geheimnis der Nation zu lüften: Stjarna Steins wahre Identität.

Damit gab es eine weitere Erschütterung, diesmal in der Literaturszene. Das Rätsel um Stjarna Steins war in den letzten Jahrzehnten ein viel diskutiertes Thema gewesen. Die unwahrscheinlichsten Personen wurden mit dem Pseudonym in Verbindung gebracht – Politiker, einflussreiche Geschäftsleute, Pfarrer, Wissenschaftler. Journalistinnen und Rezensenten brachten bekannte Autorinnen und Autoren ins Spiel, von denen einer besonders häufig genannt wurde, da er schon mehrmals den Isländischen Literaturpreis bekommen hatte. Laut Regelwerk können Autorinnen und Autoren, die unter Pseudonym schreiben, bei diesem renommierten Preis nicht berücksichtigt werden. Literaturkritiker glaubten, besondere Merkmale bezüglich Stil und Wortwahl wiederzuerkennen. Unabhängig davon, ob er es nun war oder nicht, herrschte Einigkeit darüber, dass es sich um einen weißen Mann mittleren Alters handeln müsse, mit Hochschulabschluss und Wohnsitz in der Reykjavíker Innenstadt.

Als sich jedoch herausstellte, dass Stjarna Steins eine ungebildete Frau über sechzig war, die dazu noch in der Provinz lebte, waren alle sprachlos. Die Kritiker, die den unbekannten Autor gelobt und gefeiert und teilweise sogar für einen der talentiertesten isländischen Schriftsteller überhaupt gehalten hatten, zogen sich kleinlaut zurück. Es war einer der größten Skandale in der isländischen Literaturwelt.

Doch die Ehre der Literatur wurde gerettet – und das wieder einmal durch die Lyrik. Als die Aufregung um Stjarna Steins am größten war, erschien ein Band mit Gedichten von Sigurlína Daníelsdóttir, die aufgrund des ungewöhnlichen Sujets und der großen Einfühlsamkeit, mit der sie die Natur des Menschen durchschauten und ergründeten, große Aufmerksamkeit erregten. Die Lyrikleserschaft war gespalten, besonders das letzte Gedicht *Obduktion* missfiel einigen. Auf dem Backcover wird die Dichterin mit den Worten zitiert, sämtliche Gedichte entsprängen unmittelbar der Wirklichkeit, das Gedicht *Obduktion* habe sie nahezu wortwörtlich aus einem Obduktionsbericht übernommen. Traurigerweise erlebte die Dichterin das Erscheinen ihres Buches nicht mehr, denn sie starb kurz davor bei einem Hausbrand.

Bei genaueren Nachforschungen stellte sich heraus, dass Sigurlína Daníelsdóttir bei der Brandkatastrophe in Selvík ums Leben kam, als das Haus Sæbakki in der Nacht der Eröffnungsfeier des Siliziumwerks bis auf die Grundmauern abbrannte. Die Gemeindepost betrauert den Fall, denn es handelte sich um eine ungewöhnliche Dichterin, deren weiteren Werdegang man sicherlich mit Spannung verfolgt hätte.

Doch wer war die Autorin des Werks „Tod einer Wissenschaftlerin", diese Margrét Guðmundsdóttir, die insgesamt vierzig Bücher unter Pseudonym veröffentlichte? Dieses Thema beschäftigte die ganze Nation. Nach den Kenntnissen der Gemeindepost wuchs sie in Selvík auf und kehrte nach dreißig Jahren im Ausland wieder hierher zurück. Die Eheleute Sigríður Hafsteinsdóttir und Gísli Garðarsson, die das schlimme Erdbeben überlebten, gehören zu den wenigen, die sie gut kannten. Als die Gemeindepost sich mit ihnen in Verbindung setzte, hatten sie zu ihrer Überraschung soeben erfahren, dass Margrét ihnen ihr Haus und ihr Auto vererbt hatte. Sigríður sagte, sie vermisse Margrét sehr, sei aber auch ein bisschen enttäuscht gewesen, weil sie ihr das Geheimnis nicht anvertraut hätte. Schließlich seien sie beste Freundinnen gewesen.

Den Eheleuten Sigríður und Gísli wurde die Ehrenmedaille der Rettungswacht verliehen, weil sie eine Vielzahl von Menschen vor dem sicheren Tod retteten, indem sie ihnen den Weg über eine halbfertige Treppe in einen unterirdischen Gang zeigten, bevor das zweite Beben zuschlug, das stärkste in Island seit Beginn der seismologischen Messungen. Dabei stürzte das Gebäude ein, der Fluchtweg durch den Tunnel wurde verschüttet.

Níels Þorsteinsson war der Letzte, der lebend in den Trümmern gefunden wurde. Erst nach unermüdlicher dreitägiger Suche stieß Guðrún Gísladóttir auf den ortsbekannten Rollstuhlfahrer.

„Ich wusste, dass er irgendwo war und noch lebte, ich spürte es einfach", sagte sie beim Gespräch mit der Gemeindepost. Sie stieß zunächst auf eine Leiche, die bäuchlings neben einem Stahlbalken lag. Erst konnte die Rettungswacht den toten Mann nicht abtransportieren, denn die Schöße seines Ledermantels waren unter dem Balken eingeklemmt, und dieser ließ sich nicht bewegen, obwohl sie zu viert waren. Erst als die Leiche aus dem Mantel geschnitten worden war, konnten sie sie umdrehen und identifizieren. Guðrún erkannte sofort den Eigentümer des Siliziumwerks, Donald Smith. Nachdem die Leiche weggebracht worden war, entdeckte Guðrún darunter Níels. Fast wäre es zu spät gewesen, er war kaum noch bei Bewusstsein, gab aber noch schwache Laute von sich.

Nachdem er sich so weit erholt hatte, dass er wieder sprechen konnte, sagte er einem Reporter, er habe Tag und Nacht um Hilfe gerufen, bis seine Stimme erschöpft gewesen sei. Als man ihn nach Donald Smith fragte, schwieg er einen Moment und antwortete dann:

„Tja, der war ja schon zu Lebzeiten nicht gerade für seine Hilfsbereitschaft bekannt … Mein Rollstuhl war bei dem zweiten Beben umgekippt. Ich sah Smith auf mich zulaufen und dachte, er wolle mir helfen. Also streckte ich die Hand aus, aber er schaute nur auf mich runter und lief weiter. Im selben Moment krachte der Stahlbalken von der Decke auf seinen Kopf, das war ein Geräusch, wie wenn ein Baum gefällt wird. Smith drehte sich halb im Kreis, streckte die Arme aus, als wollte er zum Flug abheben, fiel vornüber und landete genau auf mir, beziehungsweise auf meinem Rollstuhl. Ich hatte Glück, weil mich sein Ledermantel vor dem Zementstaub schützte. Man kann also sagen, er hat mir das Leben gerettet."

Níels erholte sich wieder vollends von dieser schrecklichen Erfahrung. Heute ist er ein reicher Mann, sowohl an Zufriedenheit als auch an Vermögen. Die verstorbene Margrét vermachte ihm das Urheberrecht an allen ihren Büchern, und nun kann er seiner Frau und seinen Kindern ein sicheres Zuhause bieten.

Auch wenn viele Selvíker noch immer unter der Katastrophe leiden, können sie dem Schicksal dafür danken, dass das Erdbeben zur Mittagszeit hereinbrach, als die Kantine wegen der beliebten Fleischbällchen besonders gut besucht und die Arbeitshalle mit dem Schmelzofen nicht vollbesetzt war. Eine solche Vorstellung möchte sich niemand ausmalen, und es wäre auch noch viel schlimmer gekommen, wenn nicht vor dem Beben gewarnt worden wäre.

Die Gemeindepost weist mit Stolz darauf hin, dass Kristján Richters Warnung vor dem Erdbeben auf Klettahöfði in Expertenkreisen weltweit Aufmerksamkeit erregt hat und höchstwahrscheinlich einen Wendepunkt in der Erdbebenvorhersage markieren wird. Und Margrét machte nicht nur durch ihre literarische Karriere – insbesondere durch ihr letztes, geradezu prophetisches Buch – in Island und im Ausland Furore, sondern auch durch ihren heldenhaften Rettungseinsatz, als sie die Leute dazu animierte, die Kinder rechtzeitig in Sicherheit zu bringen. Diese außerordentliche Leistung der beiden werden wir niemals vergessen.

Dieses Buch ist dem Schafbauern und Geowissenschaftler Kristján Richter und der Schriftstellerin Margrét Guðmundsdóttir gewidmet, die ihr Leben für die Geschichte opferten.